罗芃，1945年生，毕业于南京大学外语系法语专业，后入北京大学西语系读研，师从罗大冈先生。现为北京大学外国语学院法语系教授，博士生导师。曾任法国文学研究会副会长，外国文学研究会理事，法国波尔多第三大学客座教授，法国人类研究所访问学者。主要著作有《法国文化史》、《欧洲文学史》（主编之一）、《改革开放30年的外国文学研究》（主编），主要译作有《美学纲要》《世界艺术史》《浪漫的谎言与小说的真实》《欲望几何学》，以及巴尔扎克的《入世之初》《舒昂党人》《纽沁根银行》、司汤达的《巴马修道院》、狄德罗的《哲学思想录》等。先后获彩虹翻译奖（鲁迅文学奖全国优秀文学翻译奖前身）二等奖、北京市哲学社会科学优秀研究成果一等奖、北京市优秀教师奖；著作《欧洲文学史》获教育部哲学社会科学优秀研究成果一等奖。

总序：学者散文漫议

◎ 柳鸣九

“本色文丛”现已出版三辑，共二十四种书，在不远的将来，将出齐五辑共四十种书。作为一个散文随笔文化项目，已经达到了一定的规模，也大致上形成了自己的特色：一是以“有作家文笔的学者”与“有学者底蕴的作家”为邀约对象，而由于我个人的局限性，似乎又以“有作家文笔的学者”为数更多；二是力图弘扬知性散文、文化散文、学识散文，这几者似乎可统称为“学者散文”。

前一个特点，完全可以成立，不在话下，你们邀哪些人相聚，以文会友，这是你们自家的事，你们完全可以采取任何的称呼，只要言之有据即可。何况，看起来的确似乎是那么回事。

但关于第二个特点，提出“学者散文”这个概念本身就是易于带来若干复杂性的问题，要说明清楚本就不容易，要论证确切更为麻烦，而且说不定还会有若干纠缠需要澄清。所有这些，就不是你们自己的事，而是大家关心的事了。

在这里，首先就有一个定义与正名的问题：究竟何谓“学者散文”？在局外人看来，从最简单化的字面上的含义来说，“学者散文”大概就是学者写的散文吧，而不是生活中被称为“作家”的那些爬格子者、敲键盘者所写的散文。

然而实际上，在散文这个广大无垠的疆土上活动着的人，主要还是被称为作家的这一个写作群体，而不是学者。再一个明显的实际情况就是，在当代中国散文的疆域里，铺天盖地、遍野开花的毕竟是作家这一个写作者群体所写的散文。

那么，把涓涓细流的“学者散文”汇入这个主流，统称为散文不就得了嘛，何必另立旗号？难道你还奢望喧宾夺主不成？进一步说，既然提出了“学者散文”之谓，那么，写作者主流群体所写的散文究竟又叫什么散文呢？虽然在中外古典文学史中，甚至在20世纪前50年的中国文学界中，写散文的作家，大多数都同时兼为学者、学问家，或至少具有学者、学问家的素质与底蕴。只是在近半个多世纪以来的中国文学界中，同一个人身上作家身份与学者身份互相剥离，作家技艺与学者底蕴不同在、不共存的这种倾向才越来越明显。我们注意到这种现实，我们尊重这种现实，那么，且把近半个多世纪以来由纯粹的作家（即非复合型的写作者）创作的遍地开花的散文作品，称为“艺术散文”，可乎？

似乎这样还说得过去，因为，纯粹意义上的作家，都是致力于创作的，而创作的核心就是一个“艺”字。因此，纯粹意义上的作家，就是以艺术创作为业的人，而不是以“学”为业的人，把他们的散文称为艺术散文，既是一种应该，也是一种尊重。

话不妨说回去，在我的概念中，“学者散文”一词其实是从写作者的素质与条件这个意义而言的。“素质与条件”，简而言之，就是具有学养底蕴、学识功底。凡是具有这种特点、条件的人，所写出的具有知性价值、文化品位与学识功底的散文，皆可称“学者散文”。并非强调写作者具有什么样的身份，在什么领域中活动，从事哪个职业行当，供职于哪个部门……

以上说的都是外围性的问题，对于外围性的问题，事情再复杂，似乎还是说得清楚的，但要往问题的内核再深入一步，对学者散文做进一步的说明，似乎就比较难了。具体来说，究竟何为“学者散文”？“学者散文”究竟具有什么特点？持着什么文化态度？表现出什么风格姿态？敝人既然闯入了这个文艺白虎堂，而且受托张罗“本色文丛”这个门面，那也就只好硬着头皮，提供若干思索，以就教于文坛名士才俊、鸿儒大家了。

说到为文构章，我想起了卞之琳先生的一句精彩评语，那时我刚调进外文所，作为他的助手，我有机会听到卞公对文章进行评议时的高论妙语。有一次他谈到一位年轻笔者的时候，用幽默调侃的语言评价说：“他很善于表达，可惜没什么可表达的。”说话风趣幽默，针砭入木三分。不论此评语是否完全准确，但他短短一语毕竟道出了为文成章的两大真谛：一是要有可供表达、值得表达的内容，二是要有善于表达的文笔。两者缺一不可，如果两者具备，定是珠联璧合的佳作。这个道理，看起来很简单、很朴素，甚至看起来算不上什么道理，但的的确确可谓为文成章的“普世真理”、当然之道。对散文写作，亦不例外。

就这两个方面来说，有不同素养的人、有不同优势与长处的人，各自在不同的方面肯定是有不同表现的，所出的文字，自然会有不同的特点与风格。一般来说，艺术创作型的写作者，即一般所谓的作家，在如何表达方面无一不具有一定的实力与较熟练的技巧。且不说小说、诗歌与戏剧，只以散文随笔而言，这一类型的写作者，在语言方面，其词汇量也更多更大，甚至还能进而追求某种语境、某种色彩、某种意味；在谋篇布局方面，烘托铺垫、起承转合、舒展伸延、跌宕起伏、统筹安排、井然有序。所有这些，在中华文章之道中本有悠久传统、丰富经验，如今更是轻车熟路，掌握自如；在描写与叙述方面，不论是描写客观的对象还是自我，哪怕只是描写一个细小的客观对象，或者描写自我的某一段平常而普通的感受，也力求栩栩如生、细致入微，点染铺陈，提高升华，不怕你不受感染，不怕你不被感动；在行文上，则力求行云流水，妙笔生花，文采斐然，轻灵跃动；在阅读效应上，也更善于追求感染力效应的最大化，宣传教育效应的最大化，美学鉴赏效应的最大化。总而言之，读这一种类型的散文是会有色彩缤纷感的，是会有美感的，是会有愉悦感的，而且还能引发同感共鸣，或同喜或同悲，甚至同慷慨激昂、同心潮澎湃……

我以上这些浅薄认识与粗略概括是就当代与学者散文有所不同的主流艺术散文而言的，也就是指生活中所谓的纯粹作家的作品而言的。我有资格做这种概括吗？说实话，心里有些发虚，因为我对当代的散文，可以说是没有多少研究，仅限于肤表的认识。

在这里，我不得不对自己在散文阅读与研习方面的基础，做出如实的交代：实事求是地说，20世纪前50年的散文我还算读过不少，鲁迅、茅盾、冰心、沈从文、朱自清、俞平伯、老舍、徐志摩、郁达夫、凌叔华、胡适、林语堂、周作人等人的散文作品，虽然我读得很不全，但名篇、代表作都读过一些。这点文学基础是我从中学教科书、街上的书铺、学校的图书馆，以至后来在北大修王瑶的中国现代文学史期间完成的。在大学，念的是西语系，后又干外国文化研究这个行当，从此，不得不把功夫都用在读外国名家名作上面去了。就散文作品而言，本专业的法国作家作品当然是必读的：从蒙田、帕斯卡尔、笛卡儿、伏尔泰、狄德罗、卢梭，到夏多勃里昂、雨果、都德，直到20世纪的马尔罗、萨特、加缪等。其他专业的作家如英国的培根、德国的海涅、美国的爱默生、俄国的屠格涅夫等人的作品，也都有所涉猎。但我对中国20世纪50年代以后的半个多世纪以来的散文随笔就读得少之又少了，几乎是一穷二白。承深圳海天出版社的信任，张罗“本色文丛”，这对我来说，实在是“专业不对口”，只是为了把工作做得还像个样子，才开始拜读当代文坛名士高手的散文随笔作品。有不少作家的确使我很钦佩，他们在艺术上的讲究是颇多的，技艺水平也相当高，手段也不少，应用得也很熟练，读起来很舒服，很有愉悦感，很有美感。

不过，由于我所读的中国现代文学中的散文名家，以及外国文学中的散文作家，绝大部分都是创作者与学者两重身份相结合型的，要么是作家兼学者，要么就是我所说的“有学者底蕴的作家”，“近朱者赤近墨者黑”，耳濡目染，自然形成我对散文随笔中思想底蕴、学识修养、精神内容这些成分的重视，这样，不免对当代某些纯粹写作型的散文随笔作家，多少会有若干不满足感、欠缺感。具体来说，有些作家的艺术感以及技艺能力、细腻的体验感受，固然使人钦佩，但是往往欠于思想底气、学养底蕴、学识储蓄，更缺隽永见识、深邃思想、本色精神、人格力量，这些对散文随笔而言，恰巧是至关重要的东西。当然，任何一篇散文作品是不可能没有思想，不可能不发表见解的，但在一些作家那里，却往往缺少深度、力度、隽永与独特性。更令人失望的是，有些思想、话语、见识往往只属于套话、俗话甚至是官话的性质，这在一个官本位文化盛行的社会里是自然的、必然的。总而言之，往往缺少一种独立的、特定的、本色的精气神，缺乏一种真正特立独行而又具有普遍意义的人文精神。

以上这种情况已经露出了不妙的苗头，还有更帮倒忙的是艺术手段、表现技艺的喧宾夺主，甚至是技艺的泛滥。表现手段本来是件好事，但如果没有什么可表现的，或者表现的东西本身没有多少价值，没有什么力度与深度，甚至流于凡俗、庸俗、低俗的话，那么这种表现手段所起的作用就恰好适得其反了。反倒造成装腔作势、矫揉造作、粉饰作态、弄虚作假的结果。应该说，技艺的讲究本身没有错，特别是在小说作品中，乃至在戏剧作品中，是完全适用的，也是应该的，但偏偏对于散文这样一种直叙其事、直抒胸臆的文体来说，是不甚相宜的。若把这些技艺都用在散文中间的话，在我们的眼前，全是丰盛的美的辞藻，全是绵延不断、绝美动人的文句，全是至美极雅的感受，全是绝美崇高的情感……在我看来，美得有点过头，美得叫人应接不暇，美得叫人透不过气来，美得使人有点发腻。对此，我们虽然不能说这就是“善于表现，可惜没有什么好表现的”，但至少是“善于表现”与“可表现的”两者之间的不平衡，甚至是严重失衡。

平衡是万物相处共存的自然法则，每个物种、每个存在物都有各自的特点，既有优也有劣，既有长也有短，文学的类别亦不例外。艺术散文有它的长处，也必然有与其长处相关联的软肋。对我们现在要说道说道的学者散文，情形也是这样。学者散文与艺术散文，当然有相当大的不同，即使说不上是泾渭分明，至少也可以说是各有不同的个性。我想至少有这么两点：其一，艺术散文在艺术性上，一般地来说，要多于高于学者散文。在这一点上，学者散文有其弱点，但不可否认，这也是学者散文的一个特点。显而易见，在语言上，学者散文的词汇量，一般地来说，要少于艺术散文。至于其色彩缤纷、有声有色、精细入微的程度，学者散文显然要比艺术散文稍逊一筹；在艺术构思上，虽然天下散文的结构相对都比较简单，但学者散文也不如艺术散文那么有若干讲究；在艺术手段上，学者散文不如艺术散文那样多种多样、花样翻新；在阅读效果上，学者散文也往往不如艺术散文那么有感染力，能引起读者的悦读享受感，甚至引起共鸣的喜怒哀乐。其二，这两个文学品种，之所以在表现与效应上不一样，恐怕是取决于各自的写作目的、写作驱动力的差异。艺术散文首先是要追求美感，进而使人感染、感动，甚至同喜怒；学者散文更多的则是追求知性，进而使人得到启迪、受到启蒙、趋于明智。

这就是它们各自的特点，也是它们各自的长处与短处。这就是文学物种的平衡，这就是老天爷的公道。

讲清楚以上这些问题之后，我们再专门来说说学者散文，也许就会比较顺当了，我们挺一挺学者散文，也许就不会有较多的顾虑了。那么，学者散文有哪些地方可以挺一挺呢？

近几年来，我多多少少给人以“力挺学者散文”的印象。是的，我也的确是有目的地在“力挺学者散文”，这是因为我自己涂鸦出来的散文，也被人归入学者散文之列，我自己当然也不敢妄自菲薄，这是我自己基于对文学史和文学实际状况的认知。

从文学史的发展来看，无论中外，散文这一古老的文学物种，一开始就不是出于一种唯美的追求，甚至不是出于一种对愉悦感的追求；也不是为了纯粹抒情性、审美性的需要，而往往是由于实用的目的、认知的目的。中国最古老的散文往往是出于祭祀、记述历史，甚至是发布公告等社会生活的需要，不是带有很大的实用性，就是带有很大的启示性、宣告性。

在这里，请容许我扯虎皮拉大旗，且把中国最早的散文文集《左传》也列为学者散文型类，来为拙说张本。《左传》中的散文几乎都是叙事：记载历史、总结经验、表示见解，而最后呈现出心智的结晶。如《曹刿论战》，从叙述历史背景到描写战争形式以及战役的过程，颇花了一些笔墨，最终就是要说明一个道理：“夫战，勇气也。一鼓作气，再而衰，三而竭。”我不敢说曹刿就是个学者，或者是陆逊式的书生，但至少是个儒将。同样，《子产论政宽猛》也是叙述了历史背景、政治形势之后，致力于宣传这一高级形态的政治主张：“政宽则民慢，慢则纠之以猛，猛则民残，残则施之以宽。宽以济猛，猛以济宽，政是以和。”此一政治智慧乃出自仲尼之口，想必不会有人怀疑仲尼不是学者，而记述这一段历史事实与政治智慧的《左传》的作者，不论是传说中的左丘明也好，还是妄猜中的杜预、刘歆也罢，这三人无一不是学者，而且就是儒家学者。

再看外国的文学史，我们遵照大政治家、大学者、大诗人毛泽东先生的不要“言必称希腊”遗训，且不谈柏拉图与亚里士多德，仅从近代“文艺复兴”的曙光开始照射这个世界的历史时期说起，以欧美散文的祖师爷、开拓者，并实际上开辟了一个辉煌的散文时代的几位大师为例，英国的培根，法国的蒙田，以及美国的爱默生，无一不是纯粹而又纯粹的学者。说他们仅是“学者散文”的祖师爷是不够的，他们干脆就是近代整个散文的祖师爷，几乎世界所有的散文作者都是在步他们的后尘。只是后来由于各种复杂的历史原因，到了我们的现实生活里，才有艺术散文与学者散文的不同支流与风格。

这几位近代散文的开山祖师爷，他们写作散文的目的都很明确，不是为了抒情，不是为了休闲，不是为了自得其乐，而都是致力于说明问题、促进认知。培根与蒙田都是生活在欧洲历史的转变期、转型期，社会矛盾重重，现实状态极其复杂。在思想领域里，以宗教世界观为主体的传统意识形态已经逐渐失去其权威，“文艺复兴”的人文主义思潮与宗教改革的要求，正冲击着旧的意识形态体系，推动着历史的发展。他们都是以破旧立新的思想者的姿态出现的，他们的目标很明确，都是力图修正与改造旧思想观念，复兴人类人文主义的历史传统，建立全新的认知与知识体系。培根打破偶像，破除教条，颠覆经院哲学思想，提倡对客观世界的直接观察与以实验为基础的科学方法，他的散文几乎无不致力于说明与阐释，致力于改变人们的认知角度、认知方法，充实人们的认知内容，提高人们的认知水平。仅从其散文名篇的标题，即可看出其思想性、学术性与文化性，如《论真理》《论学习》《论革新》《论消费》《论友谊》《论死亡》《论人之本心》《论美》《说园林》《论愤怒》《论虚荣》，等等。他所表述所宣示的都是出自他自我深刻体会、深刻认知的真知灼见，而且，凝聚结晶为语言精练、意蕴隽永、脍炙人口的格言警句，这便是培根警句式、格言式的散文形式与风格。

蒙田的整个散文写作，也几乎是完全围绕着“认知”这个问题打转的，他致力于打开“认知”这道门、开辟“认知”这一条路，提供方方面面、林林总总的“认知”的真知灼见。他把“认知”这个问题强调到这样一种高度，似乎“认知”就是人存在的最大必要性，最主要的存在内容，最首要的存在需求。他提出了一个警句式的名言：“我知道什么呢？”在法文中，这句话只有三个字，如此简短，但含义无穷无尽。他以怀疑主义的态度提出了一个对自我来说带有根本意义的问题：对自我“知”的有无，对自我“知”的广度、深度和力度，提出了根本性的质疑；对自我“知”的满足，对自我“知”的权威，对自我“知”的武断、专横、粗暴、强加于人，提出了文质彬彬、谦逊礼让，但坚韧无比、尖锐异常的挑战。如果认为这种质疑和挑战只是针对自我的、个人的蒙昧无知、混沌愚蠢、武断粗暴的话，那就太小看蒙田了，他的终极指向是占统治地位的宗教世界观、经院哲学，以及一切陈旧的意识形态。如此发力，可见法国人的智慧、机灵、巧妙、幽默、软里带硬、灵气十足，这样一个软绵绵的、谦让的姿态，在当时，实际上是颠覆旧时代意识形态权威的一种宣示、一种口号，对以后几个世纪，则是对人类求知启蒙的启示与推动。直到20世纪，“Que sais - je”这三个简单的法文字，仍然带有号召求知的寓意，在法国就被一套很有名的、以传播知识为宗旨的丛书，当作自己的旗号与标示。

在散文写作上，蒙田如果与培根有所不同，就在于他是把散文写作归依为“我知道什么呢？”这样一个哲理命题，收归在这面怀疑主义的大旗下，而不像培根旗帜鲜明地以打破偶像、破除教条为旗帜，以极力提倡一种直观世界、以科学实验为基础的认知论。但两人的不同，实际上不过是殊途同归而已，两人的“同”则是主要的、第一位的。致力于“认知”，提倡“认知”便是他们散文创作态度的根本相同点。值得注意的是，在他们的笔下，散文无一不是写身边琐事，花木鱼虫、风花雪月、游山玩水，以及种种生活现象；无一不是“说”“论”“谈”。而谈说的对象则是客观现实、社会事态、生活习俗、历史史实，以及学问、哲理、文化、艺术、人性、人情、处世、行事、心理、趣味、时尚等，是自我审视、自我剖析、自我表述，只不过在把所有这些认知转化为散文形式的时候，培根的特点是警句格言化，而蒙田的方式是论说与语态的哲理化。

从中外文学史最早的散文经典不难看出，散文写作的最初宗旨，就是认识、认知。这种散文只可能出自学者之手，只可能出自有学养的人之手。如果这是学者散文在写作者的主观条件方面所必有的特点的话，那么学者散文作为成品、作为产物，其最根本的本质特点、存在形态是什么呢？简而言之，就是“言之有物”，而不是“言之无物”。这个“物”就是值得表现的内容，而不是不值得表现的内容，或者表现价值不多的内容，更不是那种不知愁滋味而强说愁的虚无。总之，这“物”该是实而不虚、真而不假、厚而不浅、力而不弱，是感受的结晶，是认知的精髓，是人生的积淀，是客观世界、历史过程、社会生活的至理。

既然我们把“言之有物”视为学者散文基本的存在形态，那就不能不对“言之有物”做更多一点的说明。特别应该说明的是，“言之有物”不是偏狭的概念，而是有广容性的概念；这里的“物”，不是指单一的具体事物或单一的具体事件，它绝非具体、偏狭、单一的，而是容量巨大、范围延伸的：

就客观现实而言，“言之有物”，既可是现实生活内容，也可是历史的真实。

就具体感受而言，“言之有物”，是言之由具象引发出来的实感，是渗透着主体个性的实感，是情境交融的实感，特定际遇中的实感，有丰富内涵的实感，有独特角度的实感，真切动人的实感，足以产生共鸣的实感。

就主体的情感反应而言，“言之有物”，是言之有真挚之情，哪怕是原始的生发之情。是朴素实在之情，而不是粉饰、装点、美化、拔高之情。

就主体的认知而言，“言之有物”，首先是所言、所关注的对象无限定、无疆界、无禁区，凡社会百业、人间万物，无一不可关注，无一不应关注，一切都在审视与表述的范围之内。这一点固然重要，但更为重要的是，对关注与表述的对象所持的认知依据与标准尺度，是符合客观实际的，是遵循科学方法的。更更重要的是，要有独特而合理的视角，要有认知的深度与广度，有证实的力度与相对的真理性，有耐久的磨损力，有持久的影响力。这种要求的确不低，因为言者是科学至上的学者，而不是感情用事的人。

就感受认知的质量与水平而言，“言之有物”，是要言出真知灼见、独特见解，而非人云亦云、套话假话连篇。“言之有物”，是要言出耐回味、有嚼头、有智慧灵光一闪、有思想火光一亮的“硬货”，经久隽永的“硬货”。

就精神内涵而言，“言之有物”，要言之有正气，言之有大气，言之有底气，言之有骨气。总的来说，言之要有精、气、神。

最后，“言之有物”，还要言得有章法、文采、情趣、风度……你是在写文章，而文章毕竟是要耐读的“千古事”！

以上就是我对“言之有物”的具体理解，也是我对学者散文的存在实质、存在形态的理念。

我们所力挺的散文，是“言之有物”的散文，是朴实自然、真实贴切、素面朝天、真情实感、本色人格、思想隽永、见识卓绝的散文。

我们之所以要力挺这样一种散文，并非为了标新立异、另立旗号，而是因为在当今遍地开花的散文中，艳丽的、娇美的东西已经不少了；轻松的、欢快的、飘浮的东西已经不少了；完美的、理想的东西已经不少了……“凡是存在的，必然是合理的”，请不要误会，我不是讲这些东西要不得，我完全尊重所有这些的存在权，我只是说“多了一点”。在我看来，这些东西少一点是无伤大雅、无损胜景、无碍热闹欢腾的。

然而相对来说，我们更需要明智的认知与坚持的定力，而这种生活态度，这种人格力量，只可能来自真实、自然、朴素、扎实、真挚、诚意、见识、学养、隽永、深刻、力度、广博、卓绝、独特、知性、学识等精神素质，而这些精神素质，正是学者散文所心仪的，所乐于承载的。

2016年9月20日完稿

序

给这本小书取名《流水沉沙》，流水者，岁月也；沉沙者，自谓也。人之于岁月，譬如江河中沙砾之于流水。时间如大江奔腾，所谓“岁月其徂”，所谓“不舍昼夜”，千古如斯，而人生却不过百年，岂不有如水中细小的沙砾，随水喧嚣奔腾不过一时，潜沉江底彻底归于沉寂才是终极命运？东坡先生拿人生比作“飞鸿踏雪泥”，的的确确是神来之笔，踏雪无痕是寻常事，而即使雪泥上留了指爪，那也不过是偶然，何须喋喋不休地鼓噪？

从另一层含义讲，沉沙也象征着收在这本小书里的文章。10多年时间里陆续写就，时过境迁，它们一如沉沙，早已被岁月的流水淘汰，连我自己都把它们忘却了。如今把它们“挖掘”出来，收拢在一处，其价值或许也仅仅在于表示它们曾经是“弱水三千”中的一小瓢，重新刷一下存在感吧。倘若有读者从这些微小沙砾中看到了些许时间的反光，那对于作者而言将是莫大的荣幸。

作者此生，基本上在三尺讲台上度过，用俗话说，就是一个“教书匠”。虽然有志于学，但志大才疏，又生性散淡，至今学术上竟毫无建树可言。聊以自慰的是，数十年教书生涯，未敢丝毫懈怠，担任的每一门课程，讲台上的每一小时，无不兢兢业业，黾勉尽力，务求不误人子弟，对得起一个“传道授业解惑”者的良心。至于教学之余，弄点翻译，写点小文章，编点书，说到底，都不过是“寻章摘句老雕虫”的勾当，兴之所至而已。所谓“兴来每独往，胜事空自知”，既不奢望悦人耳目，也不期许启人心智，更不敢妄谈什么社会担当。对我自己而言，回过头去看这旧时的文字，只是把它们看作自己的生命记录，记录过去某个时间点上自己的所学所思、所触所感，让自己看到生命在那些时间点上曾经发出过微弱的光，心里于是获得些许欣慰。或许正因为如此，我隐约感觉到，它们赋予了过去某个时间点上曾经存在的“我”以当下在场的可能。古人曹丕说：“文章……不朽之盛事。”原意自然是说伟大的作品千古流芳，可是如果我们把他的意思推开来，是不是也可以理解为，任何一种书写都有可能将过往化为“在场”，获得丁点儿“当下”的价值？倘若真是这样，将这些“沉沙”从水底捞出，“自将磨洗”，或许也不是毫无意义的。

柳鸣九先生主编这套丛书，专收散文随笔。说来惭愧，触景生情，缘情写景的散文，素非我长，随笔随想之类，间或写一点，却总是不自觉被自己的专业习惯所掣肘，开口便透出论文腔，严肃有余灵气不足，每读到才识之士汪洋恣肆、纵横捭阖的宏文，便自惭形秽。然而这套书既然叫“本色文丛”，而各人才智有高低，认知有深浅，情商有粗细，这也是各人的本色，那么我的这些所谓随笔，虽是南郭之竽，却终归也算聊备一格，本色之坦然披露，这样自辩，是不是还说得过去？

好在“散文”“杂文”“随笔”这些流行的“文体”名称，似乎并没有严格的定义，语义边界相当模糊，因而外延宽泛，其规制便随之没有公认的绳墨。法国16世纪人文主义思想家蒙田的*Essais*，早年郑振铎先生主编《世界文库》，刊出梁宗岱先生精彩的译文，译名《蒙田散文》；20世纪80年代柳鸣九先生主编《法国文学史》，蒙田是重头章节，不取梁先生旧译，改为《蒙田随笔》，后几成定译。前些年马振骋先生获奖的译作《蒙田随笔》便沿用之，这个译名遂广为流传。蒙田的文章，长短差别巨大，议论漫无边际，以其内容与形式而论，称“散文”无不可，便是叫作“杂文”亦无大错。到了现当代，英法语言里的essay（essai）这个词更经常用来表示“论文”——当然不是学位论文这类长篇专题研究，而是中短篇幅的、格式上更为自由的研究文章，故而有人（如张亮先生）主张将这个词译作“论说文”。然而在汉语语境里，“论说文”是与“记叙文”相对的文体形式，公众从念中小学起便在头脑里形成固定概念；赋予它新含义，公众的接受会有问题。近来读到北师大赵勇教授的文章，他主张译作“论笔”（或从“论文”与“试笔”合成而来？），其意可嘉，只是这个词怎么看都有点生造的意味。话又说回来，当下正是造词的大时代，倘若大家都用，真的流行起来也未可知。我这里不想讨论这个文体的准确译名，讲这些只是想说明，其实中文的随笔、小品、散文也好，英文的essay也好，法文的essai也好，在不同的语境中，具体的内涵会有相当大的差异。这个差异在我看来恰恰是一个空子，无妨取巧钻一钻。讲到这里，想起一个笑话，说有某法国文学专家用法语向法国朋友自我介绍，告诉对方自己“发表过几十篇论文”，对方听闻此言，大惊失色。原来“论文”二字，这位专家不慎误用了法国人通常用来指博士论文的thèse，难怪对方听罢呆若木鸡，做了几十篇博士论文？搁谁都难以置信！这个小故事说明每一种文类都有其特殊的承载，指称的误用有可能闹出笑话。然而，我这里可以庆幸的是，essai这种“论文”不像thèse这种“论文”，前者是一个几乎无所不盛的“篮子”。当初蒙田挑选这个词为总题，“一不小心”创立了一种新文类，他的本意在“作者前言”中说得明白，就是想对自己的知识与理智力做一番essais（测试或试验），顺着先哲这条思路，依照他对essai这个词的“初心”，我在何谓“散文”或“随笔”的问题上给予自己比较高的自由度，我觉得应该不算太出格，起码不至于太露怯吧。

这个文集收入的文章，有的接近书评，有的接近读后感，有的接近回忆录，有的接近随想录，很难纳入某一固定的文体或文类，是随意的、随性的。为稍加区分，我将它们分为四编，第一编是回忆录，除一篇外（回忆父亲的一篇），其余三篇可能最接近于“散文”。第二编收入的文章最接近于“随笔”。第三编的几篇均讨论翻译问题——从某种意义上说，翻译毕竟是作者的“本行”。第四编收了三篇评论（论文），虽然如上文所说，评论也是一种“随笔”（essai），但是毕竟太多学术味，不宜多收，以免败坏读者的胃口。

这些文章大多是发表过的，少数虽没有刊出过，但也多是旧文，这次付梓，一如旧样，仅有个别文字的改动，既是沉沙，就应该原样呈现，连同一切鄙陋。

罗芃记

2018年5月于京北寓所

CONTENTS

目录

译事编

论文编

回忆编

路漫漫其修远兮

——怀念父亲

父亲离开我们将近50年了。他走的时候刚过60岁，对于一个人文学者来说，60岁正值黄金年华。数十年的耕耘和积累，学问做到了豁然开朗，无遮无碍，厚积薄发，游刃有余的境界。然而很可惜，父亲却偏偏在黄金年华走了，而且走得那么决然，连一个字的嘱托也没留下。毕生追求的事业轰然坍塌，留下巨大的遗憾。他走后不久，既是他的师长，也是他的好友的郭绍虞先生在为父亲《中国文学批评史》第三册所写的序言中不胜感慨地说："雨亭（按：父亲的字）年龄比我小，精力比我强，只由于疾病缠身，竟使他余业未就，赍志以殁……既为私谊恸，更觉得这是学术上的损失。"

父亲那一代学人，大多出身中层以上家庭，像父亲这样地道农家出身的不多见。父亲家在河北农村，世代"面朝黄土背朝天"，终日辛劳才聊以糊口。父亲常说爷爷治家极严，家里人个个都得早起下地干活，谁的动作稍有迟缓，就立刻会被爷爷在屁股上踢一脚。父亲从小就干农活，大约到11岁，家人才不无勉强地把他送入学堂。家境贫寒，读书又比别人晚很多，这就从起点上注定了父亲的求学之路必然崎岖，必然要花费数倍于别人的气力。

父亲在学堂是非常用功的。我们兄弟姊妹几个上小学的时候，但凡四则运算碰到难题，都向父亲求援，而父亲几乎总能够不费吹灰之力就解答出来，可见父亲算术学得很扎实。父亲后来进过中学，念过师范，都因为家庭经济拮据半途而废。父亲回乡后学了一阵木匠，直到晚年他的木工手艺还舍不得丢，家里斧刨锯凿等工具一应俱全，父亲经常自己动手修理桌椅板凳。这点敲敲打打的功夫多少传了下来，使我们也养成了自己动手的习惯。

上不起学堂，父亲便自学，不久拜在回乡伺候母亲的本县学者武锡珏门下，研习经史诗文。父亲说，他除了随武先生学习，还要帮先生做家务，辛苦是不待说的。父亲发愤苦读，年节都不回家，短短两三年里便打下了坚实的古文功底。1925年，武先生赴河北大学任中文系教授，父亲随师而行，入中文系学习。由于经济上没有着落，便找了一份在中学教书的兼职，虽略有小补，但仍支撑不起学费和生活支出，学习时断时续。

1927年秋，父亲投考清华大学研究院国学门。依着常理，考研究院应在大学毕业后，父亲刚断断续续念了两年大学，何以突然决定考研究院？从父亲零星的话语中，可以揣度出几个原因。首先是仰慕清华大师们的风范，想一沐其学术春风。其次是觉得与其勉强在河北大学延宕，莫如直接跨入当时最高的学术门槛。再次是父亲对自己的国学功底已经相当自信，而且他知道大师们往往不拘一格收纳人才，并不囿于世俗陈规。当时，燕京大学国学研究所的学生每月发 50 元补贴，这对常为经济上周转不开而困窘的父亲是很大的诱惑，所以父亲又投考了燕京大学国学研究所。结果被两所学府同时录取。后来父亲曾半开玩笑地说他只有两头的文凭，没有中学的，也没有大学的，只有最低的（小学）和最高的（研究院）。他在清华研究院攻“诸子科”，导师梁启超，梁先生去世后，改在陈寅恪先生门下。在燕京研究所读“中国哲学”，导师是冯友兰和黄子通两位先生。

父亲毕业后，由学长刘盼遂推荐，以两个研究院的文凭，以他导师的声望，以已有的研究成果，直接应聘河南大学教授，此时他 29 岁。后来又先后任教于河北大学、北京师范大学。父亲在研究院学习时就对中国古典文论产生兴趣，常就教于在燕京大学任教的郭绍虞先生，后来应郭先生之邀，接替他到清华大学讲授《中国文学批评史》。这时他 30 岁。

父亲的学业走过了一条很不平坦，而且多少有点奇特的道路。虽然对于一个出身社会底层，11岁才读书认字的人来说，29岁当上教授不算晚，甚至可以说值得庆贺，但是这中间漫长的18年里，他见过怎样的世态炎凉，尝过怎样的酸甜苦辣，不是亲身经历的人真是很难体会。父亲那句“只有两头文凭”的话，听起来是笑话，细细琢磨起来，却不难体悟到其中包含着无穷的苦涩和心酸。

研究院毕业直至七七事变，这一段时间父亲生活稳定，可以从容安静地进行学术研究，加上当时的北平具有良好的学术氛围，因此在不足10年时间里，父亲的学术研究获得丰硕成果。这10年可以说是父亲学术生涯的黄金时期。父亲的研究早先集中于先秦诸子，涉及探源、辨伪、注释、思想考、渊源考。照父亲的说法，是从人（即作者）、书（即作品）、学说（即思想）几个方面展开全面探讨。父亲的研究思路，无疑受到西方学术的影响，但是父亲敏锐地意识到，研究中国的学问不能照搬西方的理论。父亲的这段话放在今天，对热心于中西比较研究的人，依然有警醒的意义：

> （与西洋哲学相比附的办法）第一，助长中国人的夸大狂，说西洋人的信学问都是我国先民的唾

余。反之，第二，也助长中国人的自卑感，说中国古人有什么学问，不过能偶同西洋人的学说罢了。第三，助长中国人的不读西洋书，说行为派的心理学书不必看，左右就是孔子所谓“性相近也，习相远也”而已。第四，行为派的心理学即使是珍贵的学问，我们孔老先生是否必须与之相同？……第五，中国的哲学，其价值是不是只在与西洋某一哲学家相同？假使如此，那么中国的哲学，便根本不必研究。

父亲的结论是，我们的研究“采取西洋的科学方法，而不以与西洋哲学相缘附”。父亲特别指出，“缘附”不是比较。从这里我们可以看出，二十世纪二三十年代的国学界，虽有保守复古者，也有“缘附西洋”者，但是主张吸纳西方先进的思想方法，同时坚决反对削足适履，硬拿中国的思想去适应西方哲学的概念和体系，这种持重而科学的观点也为不少严肃认真的学者所认同。

父亲曾反复说，他生有一种怪脾气，不好吃现成饭，在学术上服膺曾国藩的一句话：“凡菜蔬手植而手撷者，其味弥甘也。”所以他总是不轻易相信前人的结论，一切问题都要从第一手资料入手。他的先秦诸子研究就坚决循此而行。他这个“怪脾气”和顾颉刚先生的“疑古”不谋而合，于是就有两人在《古史辨》上的合作。父亲应顾先生约请，参加了《古史辨》（共七册）的编写。他先后主编了《古史辨》第四册和第六册。《古史辨》是史学界以顾先生为代表的所谓“疑古派”集大成的展示。所谓“疑古”，就是不迷信史料，以批判的态度阅读史料以辨证其真伪。应该说这是五四精神的一种延续。“疑古派”自然是有其缺点的，鲁迅先生曾在小说《理水》里加以嘲讽，但是客观地说，“疑古派”的工作必不可少，而且其成绩也为学界所公认。父亲严谨求实的治学风格和方法在他的诸子研究和《古史辨》的编写工作中得到完美体现。吴少珉、赵金昭等先生主编的《二十世纪疑古思潮》指出：“总之，罗根泽对先秦诸子，既有通论性的整体考察，更有大量专著的考论。尽管其考辨中尚有值得商讨的地方，但由于他自认为自己‘没有偏见，最适于做忠实的客观整理的工作’，故其大部分论证都言之有据，审慎而严密，解决了许多前人没能解决的问题，在诸子考辨研究领域占有重要的一席之地。”

父亲学术研究的重心，因着郭绍虞先生邀请到清华授课而转向中国文论。他的三册《中国文学批评史》奠定了他在这个领域的历史地位。国运的多舛、政局的变化、生活的动荡，使这部著作的写作时断时续，跨越的时间相当长，而且最终未能完成，留下无尽的遗憾。按计划，第四册论元明清，父亲突然离世，家人整理遗物，却竟然没有找到第四册的书稿，更令人惊愕的是连相关的资料也荡然无存。父亲是个工作狂，两宋部分付梓之后，理应立即投入元明清的写作，零星的笔记或思考更应早在此前就陆续落笔。再退一步讲，即便元明清部分根本没有动手，按照父亲的研究方法，除了准备这三朝的诗论词论、笔记小说等典籍外，比较完备的参考资料无论如何是应该按照他的习惯，收集整理，按类分装在一个个牛皮纸夹里的，可是这些全然不见踪迹。父亲去世后，郭绍虞先生曾专门赶到南京家里，向母亲询问第四册的书稿，并且表示如果没有定稿，他愿意代为整理出版。他对书稿的阙如也十分惊讶，黯然离宁返沪。家里人做过种种猜测，然而终究无以证明，元明清部分的缺失便成了永远的谜，也成了我们心头永远抚不平的伤痕。

已经出版的三册《中国文学批评史》得到了前辈国学家如郭绍虞、朱自清等先生的高度评价。我有一次去看朱光潜先生，他告诉我，父亲的《批评史》是他的案头书，经常翻开看看，受益匪浅。我当时很有些震动，没想到研究西方哲学和美学的朱先生居然对父亲的《批评史》那么推崇。改革开放以后，国人思想解放，眼界大开，在中国文学批评的研究方面，人才济济，各种文论史、批评史纷纷问世，而且在理论阐释与挖掘的深度上各显其长。有意思的是，在这种情况下，父亲的《批评史》非但没有出局，反而更为学人所看好。我想这主要得益于父亲治学的基本理念。父亲治文学批评史的理念和治诸子一样，特别看重第一手资料的搜集研究，凡有线索可寻的，绝不放过，“甚至佛道二氏的书也加以浏览”（郭绍虞语）。这无疑要投入大量时间和精力，甚至可以说是以生命的消耗为代价的，但是这样做出来的学问自然功底深厚，其价值经得起历史检验。父亲的这种治学方法，可能为思想型学者或想成为思想型学者的人所不取。不过话语类型乃至思想模式的构建，毕竟都必须以基本事实为依据，而不能是纯粹的“语言流”。纯粹的“语言流”再华丽绚烂，也会很快被时间所淘汰。

卢沟桥的炮声打破了父亲平静的生活。他不愿意留在北平成为亡国奴，挈妇将雏，南逃避乱，辗转半个中国。离乱途中，一家人的生计都成问题，遑论学术研究，更何况花十年时间搜集的珍贵的图书资料统统留在了北平。父亲后来回忆道：“北京多公私藏书，余亦量力购求，止诗话一类，已积得四五百种。……公私珍藏，不能割让，或割让而索价太昂，则佣人缮写。”可见搜求典籍用力之勤，一旦舍弃，心中何忍！虽然后来友人设法运了一部分出来，然而不足什一，终成父亲内心一辈子的伤痛。父亲在陕西入西北联大任教，先在西安，又迁汉中。不久，“闻中央大学自京移渝，载书颇丰”，为了能够“重理丛残”，入川应聘中央大学。抗战时期的重庆虽然有陪都之名，资源却十分有限，而有限的资源又多被达官贵人和投机商人所垄断，文化人的处境相当悲惨。父亲虽为最高学府中央大学的教授，无论生活条件还是工作条件都与北平的时候差之天壤，说勉强度日一点也不为过。那时家在柏溪，租住的房子只有十几平方米。到学校上课，来回要步行十几里。时局的动荡，生活的艰难，家庭的拖累，所有这些压力都落在父亲瘦削的肩头。现在想来，父亲之所以能够顶住压力，除了中国知识分子天性中的达观之外，还靠了他骨子里深藏的中国北方农民特有的坚韧和少之又少的物质要求。白天，教学和家庭琐事占据了他大半时间，只能等晚上孩子们睡下之后，再点起油灯（当时柏溪没有电灯），伏案展卷，沉浸到对千年文化遗迹的追寻中，直至东方发白，晨鸡报晓。就在这样艰苦的条件下，父亲续写了《中国文学批评史》的部分章节。

抗战胜利，中央大学迁回南京。当时从重庆出川的人如江潮汹涌，头等的人飞回去，等而次之的坐轮船的一、二等舱，像父亲这样无钱无势无关系的书生，能买到船票就已经是万幸了，哪敢奢望舒适。在杂乱肮脏的甲板上找个避风躲雨的地方，铺上草席（就是所谓五等舱），一家人总算平安地熬过了几天几宿。随后的几年，政治黑暗，物价飞涨，“教授教授，越教越瘦”，父亲和大多数知识分子一样，对国民党政权的失望日益加深。当“钟山风雨起苍黄，百万雄师过大江”的时候，他们对未来自然抱着前所未有的憧憬与寄托。

解放后，知识分子的生活条件得到了极大改善，对此，心地朴实的父亲念兹在兹，每每说起，感激之情溢于言表。时局安定而又生活无忧，此时父亲自然立刻想到努力工作，把漂泊动荡中失去的时间弥补回来。父亲从青年时代就制定了长远的，可以说是宏大的，也可以说是过于沉重的研究计划。他在1942年出版的《中国文学批评史》的自序中说：“余少好子集之学，长有述作之志。诸子百家，则作探源以辨正伪，作集注以明训诂，作传论以考行实，作学案以阐义理。历代文学，则先录文学家传记集，再作文学家列传，以述文人生平；先作各类文学史，再作文学史类编，以统文学源流，先辑文学批评论集，再作文学批评史，以探批评奥蕴。”即便从文学研究已经发生革命性变化的今天来看，父亲制定的这个研究计划或者说研究策略，也还是很有见地的。它由点及面，由局部及全体，由考据辨证及作品作家，再及文学历史运动的整体，由文学文本及元文本（文学批评），合乎文学研究自身的规律。它既继承前清今文经学训诂考证之特长，又吸纳五四以后传入的西方文学史方法之精义，是一种相当开放的策略。它的问题是，以一人之力，要完成如此周密而浩繁的工作，谈何容易！父亲自己对此不会没有意识。他在《诸子丛考》的序言就曾说到，诸子的研究整理，“不是一人一手所能完成的”。单是先秦诸子已经如此，更不用说上下数千年了。父亲的本意，当然是要循着文学自身的规律，耐心、系统、全面地做研究，忌讳东鳞西爪，更要防止浮光掠影地玩花架子。可是对自己的苛责，无异于给自己压上重担，而担子过于沉重，身体难保没有被压垮的一天。更加有点悲剧色彩的是，父亲在设计自己的研究道路时，哪里料到世事竟会发生如此巨大的变化，自己竟会在十多年的时间里找不到一张安静的书桌。1949 年后父亲已经年届半百，早已不是北平时候那个精力充沛的中年人。正因为如此，刚刚获得的安定生活使他心里产生了时不我待的强烈紧迫感。把自己的全部力量和心血投入学术研究，争取在有生之年完成既定目标，这是父亲当时最热切的愿望。

可是生活并没有按父亲设想的发展，一连串的政治运动接踵而至。对政治运动，一开始父亲是平静甚至是高兴地接受了。我们还记得他参加土地改革运动时的喜悦，他在报纸上发表文章谈土改的心得收获，对新中国的未来充满信心。然而，政治运动的矛头所向很快便有点令人捉摸不透了。对俞平伯学术思想的批判，以及进而对胡适反动学术路线的批判，使与俞平伯交往甚深，而且一直比较欣赏胡适的父亲感觉迷惘了。有一次，父亲和比邻而居的元史专家韩儒林先生一人拿一本《红楼梦》在路边谈话，见到别人诧异的目光，两人便自嘲自解地说："我们都成红学家了。"心中的无奈和困惑，可见一斑。在批判的风头上，父亲保持沉默。这符合父亲做人的原则，他不愿落井下石，更何况对朋友。后来风头过了，他写了一篇论《红楼梦》现实主义精神的文章，不顾这场批判早已上升到你死我活的政治高度，对俞平伯乃至胡适，仅仅很温和地说不赞成他们的学术观点，完全以学术讨论而不是政治讨伐的口吻说话。这样的文章发表出来，会有什么后果，可想而知。

1949 年后，大力提倡学习唯物史观。其实像父亲这样深受五四思想影响的学者，对唯物论并不陌生，对马克思主义唯物论也有所了解。在他之前的藏书中，就有一些表面上不是红书，实际上是宣传唯物主义的书籍。他与有“红色教授”之称的吕振羽过从甚密，引为知己；他对翦伯赞的唯物论历史观也曾公开表示认同，以至引起一些人侧目。解放后，父亲怀着跟上新社会的真诚愿望，进一步学习辩证唯物论和历史唯物论。他购买了大量书籍，除了马恩经典，主要是苏俄的理论书籍，如车尔尼雪夫斯基、别林斯基、高尔基，甚至连普列汉诺夫的《论个人在历史上的作用问题》这样的书，他都认真读了，还做了详细的批注。但是，显然他很难从这些书中找到否定所谓“资产阶级反动学术路线”的理论根据。对俞平伯《红楼梦研究》的批判日见明显的政治色彩令他隐隐地感到不安。他面临痛苦的选择，要么坚持自己的治学理念，结果如何难以逆料，要么像报刊文章天天强调的那样，与胡适、俞平伯的所谓唯心主义、实验主义、自然主义决裂，那无异于对自己数十年孜孜不倦焚膏继晷的学术研究的否定，无异于对自己所做的工作的价值的彻底否定。而且父亲也明白，离开自己熟悉的学术轨道，接受一种对自己是完全陌生的，好像只是玩弄政治术语的所谓学术方法，并不是想做就能做到的。

批判俞平伯的嘈杂声还没有平息，对“胡风反革命集团”的批判又开始了。当时胡风的问题和俞平伯不同，俞平伯只是被戴上了“资产阶级知识分子的帽子”，还“采取团结态度”，而胡风由反对马克思主义文艺理论，进而反党，再进而反革命，层层加码，终至锒铛入狱。父亲与胡风素无交往，可是往来的朋友中不免有卷入的。记得有一个姓曾的青年诗人来访过几次，不知怎么就成了胡风成员，父母亲不免有些紧张。好在并没有出什么事，不过父亲心中的困惑越发如一团闷气堵在胸口。虽然在父亲眼里，批判胡风有点像是党内的事，但是学术讨论翻云覆雨之间便成了政治斗争，大帽子扣下来休想有自我辩解的余地，弄不好还有牢狱之灾，这样的景象是父亲这样一向崇尚学术自由的学者绝对不曾想到的。他们愕然，黯然失语，不知道究竟是自己错了，还是别的什么地方出了毛病。黯然失语是一种真诚的态度，然而在跟风呐喊的人的衬托下，其思想之“落后”自然逃不过明眼人敏锐的目光。两次大的运动后，父亲逐渐遭到疏离，这与他自己的表现不能说没有关系。

反右斗争期间，父亲因病住进江苏中医院，整个地超然事外。这让他逃过了“欢迎帮助党整风”口号鼓动下掀起的鸣放高潮，他虽然为人谨慎，但是在当时那种情况下，谁能担保他不会一时头脑发热，犯了“进言者以为在尽忠”这个古老的错误？这是万幸的一面。但是另一方面，这也让他错过了慷慨陈词反击右派的机会，别人看来他多少是以养病为借口，逃避具有伟大历史意义的反右斗争，即便和右派不是一路人，至少和党不是同路人。可以说，反右之后，父亲被彻底疏离了。经过那个时代的人都知道，知识分子实际上是有左、中、右之分的。南京大学一位领导曾经这样夸赞一位教授说："某某是可尊敬的老人，是有学问的可尊敬的老人，是革命的有学问的可尊敬的老人。"如此不吝赞美之词，说明这位老教授深得信任。反过来父亲遭遇到的冷淡，说明父亲的处境是很微妙的。

此时父亲已经罹患肝病和高血压。父亲老家有练功习武的风气，他自己从年轻时就练杨门太极，坚持天天清晨练拳，从不间断。由于是门内人亲传，他的拳打得虽不能说炉火纯青，却中规中矩。他身体一直健硕，自认为是坚持练太极的结果。谁知天有不测风云，突然间病来如山倒。这固然是命，却也和多年来工作压力过大，精神压力也过大不无关系。父亲可以自慰的是，这些年来先后出版了《古典文学论文集》《诸子考索》《中国文学批评史》（一、二卷）等著作，编选了《先秦散文选》，发表了近二十篇论文。继上世纪30年代出版的《乐府文学史》（90年代由东方出版社收入

《民国学术经典文库》再版）后，《魏晋南北朝文学批评史》也完稿。不论修订旧著抑或撰写新篇，父亲都表现出学习运用马克思主义唯物论的愿望，而且也的确在学术上有一些突破。然而父亲一边拖着病体勉力工作，一边却无论如何不能驱散心头的疑云。早年定下的著述计划必须快做，但是著述多了，是福还是祸，谁能说得准呢？虽然父亲在人事方面比较愚钝，不会见风使舵，更不屑阿谀奉承，但是他同时却又是比较敏感的人，对人家有意无意将自己边缘化，当然不会毫无觉察。作为一个学者，他有自己的生活目标和价值观，只要一进入学术殿堂，他便有“曲径通幽处，禅房花木深”的怡然与自得。几十年了，他依旧保持着吟诵的习惯，至今父亲抑扬顿挫，似有调又无调，在小孩子听来很有些可笑的读书声还清晰留在我们耳边。可是现实的苦恼，有时甚至是焦虑，自然会钻过各种缝隙侵入他的心底，在那里激起的潜波，其冲击力无法估量。

父亲担忧的事终于发生了。1959年，乘国民经济“大跃进”的热潮，思想领域开始“破除迷信”运动，全国各高校和科研机构掀起了“拔白旗”的浪潮。平时被边缘化的父亲，这一次却偏偏被“看上”了，定为“拔白旗”的对象。据说在某一级领导的会议上决定以父亲为主要批判对象，有人提出“罗先生身体不好”，担心出纰漏，但在那个一切从政治利益出发的时代，结论不可避免的是“身体不好也要批”。于是乎轰轰烈烈的“拔白旗”运动就在南京大学中文系展开了。当时不兴大字报，搞的是油印小报，好像叫《火箭》什么的。这种事，要的只是声势，反正话语权是一边倒的，批判对象只有“虚心接受”的份，不要说“还手”，连“招架”也是不允许的。既以声势取胜，那么有没有学术含量，是不是以事实为根据，是不是以理服人，全都无所谓。那“火箭”其实也就是乱射一气，只要让天下人都知道，南京大学中文系的资产阶级学术权威是罗根泽，正在接受批判，这就算大功告成了。

这场批判今天看来，与其说是一场悲剧，毋宁说更像是一场闹剧，因为它缺乏悲剧所应有的深沉和思考，多的是无谓、无聊和无奈。可惜当时的人，身在旋涡之中，没有今人从历史距离中得到的启示，所以不可能先知般地采取超然的态度。作为当事人的父亲，更难做到“淡寂归一性，虚闲遗万虑”。事实上，这场闹剧式的批判运动深深刺伤了父亲的心。这原因，首先是所谓批判表现出的非理性特征。完全不讲道理的胡批乱说，偏偏还摆出正义凛然的模样，令父亲哭笑不得。他不由得想起老友俞平伯，当时对俞平伯的批判也很粗暴，但是出场的大多数好歹还是专家学者，而如今对父亲评判的，竟然是一群学生娃！父亲平时对学生很亲切，经常有学生聚到家里来，父亲与他们谈笑风生，丝毫没有名教授的架子；对于家境贫寒而学业出色的学生，也许是因为自己有同样经历的缘故，更是多方照顾。然而他又是讲师道尊严的，平日里对他热情礼貌的学生，突然组织起来对他大加挞伐，而且声色俱厉，甚至出言不逊，这不但是在他几十年教师生涯中闻所未闻的，也与他的道德理念与教育理念彻底背道而驰。他的痛心可以想象。更有甚者，批判他的学生，包括他平时很欣赏的学生，批他的《中国文学批评史》，蛮横地加以全盘否定，有人甚至抛出话来说："罗先生搞的那一套一点用也没有。"数十年的心血，竟被一句轻飘飘的"一点用也没有"彻底否定，一辈子的作为在别人看来竟然可以弃之如敝屣，这对一个以学术为生命的学者来说，无异于生命的终结，因为它意味着过去的路全走错了，而未来无路可走。事后父亲经常念叨："某某说我的东西一点用也没有。"可见这句话对父亲伤害之深。再说，如果单是青年学生无知的狂言倒也罢了，可是某某是党员，是领导信任赏识的学生，他在批判会上的话，且不说一向比较敏感的父亲，换了谁都会猜测是领了尚方宝剑的，否则他会那么大胆，那么武断，那么不知轻重？那一段时间，父亲沉默寡言，所有的心事都埋在心里。只是有时他的话令人觉得有点匪夷所思。比如他说："其实我对种庄稼有兴趣。"这是事实，父亲除了喜欢摆弄木匠活，就喜欢种点蔬菜和鲜花，他在院子里种的茄子、西红柿每年都丰收。但是下面就话中有话了："你们说我当年要是学了农学多好，提高产量，实实在在，谁能说没有用？"类似的话，他常挂在嘴边，当时我们听了并不在意，后来知道了他被批判的情况，才明白他的话包含的痛楚。

那一阵，父亲的血压经常在收缩压200毫米汞柱的高位上。父亲相信中医，他看西医对他的病束手无策，便把希望寄托在中医身上。南京的名中医看了不少，药也吃了不少，血压高却丝毫不见好转。现在想来，不要说当时没有什么有效的降压药，即便有，背负过于沉重的精神负担，甚至时时感到自我价值彻底失落，在这种复杂郁闷的心情中，他的病是不可能见好的。1960年初，那天父亲按习惯一大早起床，冒着寒气练了一通太极拳，上午在系里开会，突发脑溢血。不久便永远离开了我们。

有人说，罗先生太软弱。如果从自古中国士大夫信奉外圆内方的处世原则，主张与人无争、礼让克己而言，父亲受儒家传统影响的确太深，说软弱也未尝不可。但是说这话的人，他们多不像父亲那样出身低微，他们体会不到这样的人要进入崇高的学术殿堂需要怎样的坚韧，需要付出多于他人多少倍的心血；他们对于父亲所遭受过的艰难苦恨没有切身之痛，所以他们体会不到承受这样的压力需要怎样的勇气和毅力；对于父亲受到的排挤和打击他们虽然略知一二，但是他们并不能真正体会到，在当时那样沉闷而又神秘的政治气候下，忍受排挤和打击需要多么大的精神力量和心灵力量。从这方面说，父亲并不软弱，恰恰相反，他已经够坚强的了。

半个世纪过去了。时光的流逝，冲走了我们头脑里许多关于父亲的记忆，父亲的身影在时光隧道里渐行渐远，变得越来越模糊了。然而，我们对父亲的理解却好像越来越清晰了，我们仿佛正努力向父亲走去，走去。岁月的增长，阅历的扩大，生活的历练，加上50年中世事的沧桑，我们懂得了许多，其中当然就包括懂得了父亲。我们对父亲的理解，已经不再单纯由于亲情的爱，还包含着无数的痛，无尽的悔，还有“上穷碧落下黄泉”的无穷的扣问和思索。上海古籍出版社再版《罗根泽古典文学论文集》，我们写这篇文字怀念父亲，想趁此机会再一次地扣问，再一次地思索。父亲的著作是公共文化财产，在他去世50年后的今天还能为中国的文化建设发挥一份作用，我们想父亲九泉有知，也会感到极大的宽慰。我们作为子女，当然也获得一份欣慰。不过对我们而言，更看重的是父亲的精神。他治学的执着和热情，“在筚路蓝缕之中，作披沙拣金之举”（郭绍虞先生语）的沉着和严谨，他倾毕生之力为中国古典文学研究鞠躬尽瘁的精神，他为家庭也为事业默默承受生活压迫的坚毅，他淡泊寡欲，“一箪食，一瓢饮”而不改其乐的生活理想，是他留给我们的宝贵精神财富，将激励我们在有生之年拒斥物质主义，让自己的生活多焕发出几分人文主义的光彩，这一定是父亲所期许于我们的。

当年为促成此书出版，父母的挚交赵瑞蕻教授和杨苡教授夫妇，杨宪益先生和孔罗荪先生，父亲的学生周勋初教授，不惮烦劳，鼎力相助。上海古籍出版社的聂世美先生不惜耗费大量时间从散乱的材料中挑选整理，又仔细进行勘对校订。这本书的出版凝结着他们无私的心血。如今赵瑞蕻先生和孔罗荪先生都已经作古，怎不令人感慨系之！我们愿代表父亲，对所有帮助支持此书出版的学者、友人表示由衷的谢忱。

——原载《罗根泽古典文学论文集》（2009年）

罗大冈先生二三事

我做罗大冈先生的研究生，说起来有点偶然。1978 年国家决定恢复研究生招生，我听到这个消息很兴奋，决心报考，搏一把。当时思想简单，只想到与自己本科学习对口的专业。按招生简章，法语专业有两个学校招生（第一批招生目录里不包括中国社会科学院），一个是南京大学，我的母校，指导教师是著名翻译家何如教授，研究方向是中译法；另一个是北京大学，指导教师是著名法国文学研究专家罗大冈教授，方向是法国文学。报考哪个学校呢？逡巡难决。问计于朋友同事，几乎众口一词，“当然考南大”，理由简单而实在，南大毕竟是我的母校，又是我父亲长期工作的地方，怎么说都“有点关系”；而北京大学是完全陌生的，导师罗大冈先生也是只闻其名，未识其人，报考北大岂非舍易求难？不明智，太冒险。然而经过反复掂量，最后我决定：考北大。理由也很简单，我个人的兴趣不在中译法，而在文学。从中学毕业考大学，从大学到军垦农场，从农场到分配工作，十几年里我的命运都完全由别人操控，这次好不容易有了一次按自己的愿望选择未来道路的机会，岂可轻易错过？既然是搏，那就不怕冒险！

说实话，当时心里面想的就是抓住机会搏一把，对结果并不抱太大的希望，十年“文革”，积压埋没的人才不知有多少，千千万万的年轻人都希望通过这次考试改变命运，与头一年的高考一样，竞争的激烈是可以想象的。所以，收到复试通知书的时候，我是很有点喜出望外的。后来听说，南大何如先生出的考题是翻译屈原《楚辞》的一段，我便暗自庆幸没有报考南大。虽然对《楚辞》并不陌生，中学时还研读过王船山的《楚辞通释》，然而说到底离入门尚远，倘是自己不熟悉的篇章，离开了训诂笺注，完全读懂都不易，遑论翻译？但是“天外有天，人外有人”，听说南大应届毕业的一女生以优异成绩通过了考试，我对此人钦佩得五体投地。一念之间，断然两种命运。我若听从朋友们的话报考南大，结果一准名落孙山。所以投到罗先生门下，或者往大里说考取研究生，冥冥中还真说不清是什么在做安排。

这是闲话。不久我便北上参加复试。对于北大，我神往已久，第一次进北大却是在纷乱的“文化大革命”中。那是1966年8月，在北大住了几天，留下的印象只有铺天盖地的

"大字报"以及熙熙攘攘的人流。这次来复试，时过境迁，北大以完全不同的面貌出现在我面前，在优雅宁静的未名湖畔，我感觉到了一种肃穆而且有几分神秘的学术气氛。到湖边的民主楼西方语言文学系办公室领复试证，一位中年女老师说："啊，你就是罗芃，初试考得不错，复试好好考。"听了她的话，我信心大增，复试连过法语和中国文学两关，然后参加口试，这才见到了指导老师罗大冈教授。

口试考场设在民主楼二楼。进入考场，看到桌子后面坐着三位考官，中间一位白发，显然比其他两位年长，我猜想这应该就是罗大冈先生。罗先生右边是一位中年女老师，后来知道她是桂裕芳先生，左边的先生复试时见过，是监考老师徐继曾。罗先生虽然一头银发，但是脸色红润，比我想象的显年轻，我脑子里立刻跳出"童颜鹤发"四个字。一双眼睛，炯炯有神，逼视着我，有一股冷冷的威严，令我突然感到有点惶恐。幸亏桂老师态度温和，和蔼地叫我坐下，给我解释了口试流程，我紧张的情绪才得以稍稍松弛。桂老师交给我一张纸，上面是一首诗，告诉我有 10 分钟准备时间。诗未标明作者，不过我看出是拉封丹的寓言诗。口试开始，按照要求，我先把诗朗读一遍，然后用中文解释一遍，接着考官们开始提问。桂老师的提问集中于语言问题，罗先生则专就作者、作品以及文学史知识提问。从头至尾他面沉似水，每个问题答毕，他既不点头，也不摇头，既不说对，也不说错，甚至从他的眼神里也都捕捉不到半点褒贬的信息。我本来就对自己法国文学知识的积累信心不足，现在被先生严肃的表情弄得愈发慌张，心悬到了嗓子眼。这场口试，使我对罗先生产生了强烈的畏惧感，暗忖要是录取了，跟着这么一个严厉的先生，日子不会好过啊！

后来真正到了先生门下，才知道我想错了。先生并不是我想的那般严厉，更准确地说，不是我想象的“那种”严厉。先生确是严厉的，但他的严厉是对着学问的，而不是对着学生的，是对着学生做学问的态度与方法的，而不是对着学生本人的。学生们与他接触多了，都感到他其实是一个生性温和的老人，他与夫人齐香先生待学生，就如同对自己的孩子般体贴。但是对于学问，先生却是极其认真的，认真得一丝不苟，甚至近乎苛刻。在这上面，他似乎变了个人，从不讲半点温情，半点客气。他厌恶“你好我好”的一团和气互相吹捧的风气。

1978 年国家决定恢复研究生招生，北大立即与社科院外文所商谈，请罗先生为北大培养学生并列入了北大的招生目录。然而随后社科院也决定招生，罗先生作为社科院外文所的研究员自然责无旁贷，于是那一年罗先生便有了五个学生，两个北大的，三个社科院的（其中一人为北师大委培）。毕业时，五人中论文通过获得学位的只有两人，师兄施康强与我，其余三人均未通过，一年后重新答辩。这个结果当时令许多人惊诧不已，用时下的语言说就是“大跌眼镜”。另一位北大的学生原是北大法语系教师，与罗先生夫妇早就熟识，然而罗先生并不因此“网开一面”放松要求。对于这位同学，答辩结果自然出乎意料，沮丧是难免的，但是她了解罗先生为人，坦然接受，一年后回北大答辩，顺利拿到了学位。

说到硕士学位论文答辩，如今硕士生数量激增，连博士生都势成“衮衮”，因而大家难免把硕士论文答辩看得稀松，不过当年我们毕业时还没有开始恢复博士学位，硕士也是“文革”后的第一届，学校上上下下都很重视，答辩极其正规。答辩在一间教室举行，答辩委员会由五人组成，在委员席后一排坐定，对面放一张小桌，是答辩人的座位。能容纳四五十人的教室座无虚席，挤满了好奇前来旁听的学生，气氛严肃而紧张。答辩进行了将近三个小时——如今连博士学位论文答辩有时也无需这么长时间。最“惊心动魄”的是答辩进行一个多钟头，主席陈占元先生向其他委员发问：“还有什么问题吗？是不是就到这里？”听得此言，我长吐一口气，紧绷的神经稍稍放松，满以为答辩就此结束，然而只听得罗先生徐徐说道：“我还有10个问题。我先一并提出，然后请答辩人逐条回答。”罗先生声音低缓，却犹如一声炸雷，举座一惊，我背后立刻传来嗡嗡的窃窃私语声。事后听说，许多旁听的本科生都产生了疑惑，互问“老先生究竟是不是导师”？他们认为在主席准备结束答辩的时候，导师却不答应，而且一下子抛出10个问题，非但显然是有备而来，而且似乎有发难之意，匪夷所思。听到先生的话，我自己虽然也悚然一震，却并不十分诧异，因为先生曾经多次向我们说，法国大学的学位答辩，教授们的问题一个比一个刁钻，不把学生逼到墙角不罢休，至于最后的评语，则另当别论。我心里暗道：“该来的还是来了！”最后我的答辩虽然全票通过，但是回答先生的10个问题花费了一个多小时，让我领会了一番汗流浃背的滋味。

先生提了哪10个问题我已经大半忘却，只记得重点是围绕人道主义的历史意义与时代价值。后来我知道，其实这些问题也是先生自己当时正在着重思考的问题。他的研究专著《论罗曼·罗兰》出版后，有一些批评的声音，有的甚至很激烈，大多针对分析罗曼·罗兰著作中“人道主义思想”的那些段落。先生此书写于“文革”后期，出版时正值改革开放之初，那时人道主义的回归成为普遍的呼唤，而先生在书中囿于历史原因，强调人道主义的负面意义，自然引起了部分读者与学者的不满。先生对反对意见进行了认真严肃的思考，意识到书中有些论述确实带有“文革”的烙印，应该改正，同时他又认为，不能简单地从政治角度看待人道主义问题，而应该从哲学历史的角度进行严肃的、实事求是的学术探讨，教条主义地全面否定人道主义固然不对，剥离具体的历史内容，否定人道主义思想生成与发展在不同时代的不同社会内涵，将人道主义当作抽象的、至高无上的道德原则也是不对的。先生向我提这 10 个问题，目的就是考察我既然在论文中提出人道主义问题，那么对于人道主义思想形成的历史背景与过程，对于不同时期人道主义的不同社会历史与审美内容，是否进行过系统的辨析。

这次答辩给人留下的印象，好像先生对学生严苛得不近人情。其实这完全是误解。先生以为，答辩必须从严，这既是对学生负责，也是对学术负责，来不得半点马虎。同时他对学生又是爱护的、信任的，从各方面创造条件为学生的未来铺路。我在研二的时候，上海译文出版社要出版成钰亭先生翻译的《巨人传》，来函请先生作序。没想到的是，先生竟然让我来写。我很犹豫，我一个学生，为这样一部重要作品，这样一位老翻译家写序，合适吗？出版社能同意吗？先生说，我认为你行，你只管写，出版社我与他们谈。稿子写好寄出，我心里很忐忑，不成想居然被出版社原样采用了。今天看，这篇序有不够成熟的论述，写作时也没能够充分考察国内外相关的重要研究成果，留有诸多遗憾。不过另一面，对于出版社开放的心态，对于先生提携后辈的苦心，我至今感铭在心。以后罗先生主编《罗曼·罗兰研究论文集》，命我译《在混乱之上》一文。他不但采用了我的译文，还特地向人民文学出版社的夏玟老师做了介绍，于是夏玟老师才注意到我，数年后人民文学出版社出版《巴尔扎克全集》，组织编辑小组，夏老师找到了我，从此我与《巴尔扎克全集》结下了近十年的缘分。

孔子说："我欲仁则斯仁至矣。"先生这一辈学人，许多都深受儒家士人传统的熏陶，以"仁"为最高道德境界，以仁厚为做人行事的原则。有人觉得先生冷傲，言辞锋利，待人苛刻，而先生在学术上的执着认真更不免伤害到一些人的自尊，其实与先生接触久了就会发现，先生宅心是宽厚的。1985年，法国作家雨果逝世百年，北京大学与法国文化部在北京大学联合举办隆重的纪念活动。活动的重要内容之一是在北大图书馆大厅举办报告会，由罗先生与法国雨果研究专家让·戈东教授做主旨发言。那天听众很多，摆放的座位不够，许多学生站立在后面与两侧。罗先生首先讲话，刚讲了几句，听众席前排突然站起一位老先生，形容瘦削，他比手画脚地嚷嚷，我坐在后面，听不清他在讲什么，但是嗓音口气以及肢体动作说明他很生气，很不满。全场的人都不明白发生了什么事，一阵惊愕之后，交头接耳，议论纷纷。罗先生当然也吃了一惊，等场内稍稍平静下来，他问道："这位先生有什么话要说么？"老先生嘴里嘟囔了一声坐回座位。罗先生继续讲，可刚讲两句，老先生又蹦起来，高声说着什么，说话中气很足，但是带着很重的口音，语速又急促，完全听不清他说什么，而且大有长篇大论说下去的意思。主持报告会的是西语系的一位副主任，她大概也被这个突如其来的变故搞蒙了，不知所措，场面十分尴尬。罗先生苦笑着说："这位先生好像不想让我讲下去，那我就不讲了。"说罢，先生收拾起讲稿，走下讲台，径直离开了会场。

还好，在一旁的戈东先生并没有受到什么影响，主持人一说请他讲话，他便风度翩翩地上台，好像什么事也没有发生，微笑着开始了他的长篇学术报告。

下午，主持会议的副主任找到我，说罗先生年事已高，又有心脏病，很担心他生气伤到身体，她说她代表系里，我作为学生，一起去向先生表示安慰。我们到了先生家，他的平静却大大出乎我们意料。他似乎已经忘记了上午的那一幕。听了副主任的表示歉意的一番话后，先生连说“这不算什么，没关系”。他觉得尽管事发突然，毕竟是小事一桩，无须计较，只是好奇那老先生究竟为什么生气。我们也不知就里，不过副主任已经打听了老先生的身份。罗先生听了说道：“噢，原来是他。我知道他，但没见过面。”我们又与先生聊了些闲话，告别出来，主任松了口气，说道：“看来罗先生没怎么往心里去，这下我们就放心了。”后来我又曾与先生讲及这事，我很为先生不平，先生反倒替那老先生开脱，说：“我听说过这个人，就是这个脾气，心直口快，性子急躁，年纪大了，更容易发火，事情都过去了，不必再提。”至于那老先生究竟火从何来，大家都始终不甚了了。

在人际关系上，有人锱铢必较，在政治上，有人睚眦必报，经过“文革”动乱，仇恨与报复似乎愈发毒化了部分人的心灵，而“仁爱”“淳厚”则似乎成了“软弱”与“无能”的同义语，“温良恭俭让”这种传统美德自从被放到革命对立面上，竟落得被嘲笑与鄙夷的地步。更可悲的是，某些人文学者，居然也以粗鄙、野蛮、倨傲为荣，他们的品质、修养乃至言谈举止，都与人文精神背道而驰。我常想，罗先生这一辈学者，不论他们每个人在治学、做人、处世方面有什么不足，他们的基本人格力量都在于一个“严”字：在学术研究方面，一丝不苟，坚持真理；在为人方面，严格按照待人以诚，与人为善的“仁者爱人”的道德原则要求自己，既教人“好学”，也教人“好仁”，这样的严师应该永远受到尊重。

罗大冈先生离开我们已经20年，我自己也到了初次见到罗先生的时候他那个年龄了，我不敢奢望在学术上追上先生，但是我一直在问自己，作为一个做人文学术研究的人，我是不是没有辜负先生多年的言传身教？但愿在这方面我是无愧的。

“书痴”赵瑞蕻教授

因为做邻居，从小就同赵瑞蕻、杨苡夫妇熟悉。

抗战期间赵先生从西南联大毕业，两年后到中央大学任教，住在重庆柏溪，与我家比邻而居，而杨苡先生与我母亲同是天津人，邻居加老乡，又都因为战乱而流落到这西南的乡下来，“同是天涯沦落人”，因而彼此自然多了许多亲切感。中央大学迁回南京以后，两家仍不断相互走动。

我是赵先生夫妇看着长大的，他们待我多少有点像待自己的子女，我对他们也怀有一份特殊的感情。记得有一年夏天，父母亲去北京，我要上学，不能随行。家里虽有保姆，但是赵先生夫妇对保姆单独照顾我的饮食不放心，索性“越俎代庖”，把我每天的午餐包下来。赵伯母亲自下厨，十来天的饭菜一天一个样，盛在多层饭盒里送过来，顶层的盒子里还总是放一块精致的甜点——饭后配甜点，估计是他们在德国养成的习惯，这一点比我家讲究。那时赵家与我家已经不是邻居，相距有一里多，每天做饭送饭，那是很费了一番心力的。正因为两家之间有这样一层关系，除父母外，赵先生夫妇是我最亲密的长辈，母亲去世后，我们兄弟姐妹回南京，或者赵先生夫妇到北京，我们照例都去看望二老。1998年春，我挈妇将雏路过南京，专程去拜访，在他家小客厅畅谈半日，分别时相约他们下次去北京再见，不料这竟成了与赵先生的永别。第二年春节期间接到噩耗，赵先生突发心脏病去世了！赵先生猝然离去，我难过了很久，至今每想起他，仍会有阵阵酸楚攫住我的心。

赵先生原在外文系，上世纪50年代初高校院系调整，赵先生调到了中文系，缘由多半是他对文学的痴迷。他本是文学青年，他自述“16岁时开始写诗”，17岁在温州念中学，在学校文艺刊物《明天》上第一次发表诗作，还组织了诗社，在当地文学圈里小有名气。他说：“我有时也很忧郁，感到深沉的苦闷，心中充满了矛盾。”这是那个时代的文学青年尤其是诗歌爱好者的共同心态，也是他们后来走上文学道路的起点。院系调整后的南大外文系，文学已经不再是强项，所以赵先生选择转到中文系，这也是“良禽择木而栖”吧。事实证明，他的这个选择很明智，非但使他的文学才华得到发展空间，更为幸运的是，中文系像他这样英语科班出身，还会法语，又以中国现代文学研究为专长的教师，不说绝无仅有也是凤毛麟角，因而有幸在50年代中期被高教部选中，派往当时的民主德国莱比锡大学做交流学者。在那个相对封闭的时代，去欧洲讲学，而且一去就是两三年，这个机会令许多人羡慕。回国后，赵先生意气风发，工作与创作热情高涨，《人民文学》《诗刊》《雨花》等刊物不时有他的诗作发表，他很快就成了南大有名的诗人教授。

我当时年纪小，听大人谈话似懂非懂，但是每次听赵先生说到诗歌，眉飞色舞的神情总让我感觉，对于“诗人”这个称呼，他是很得意的。后来在“文革”中，中文系造反派别出心裁，剑走偏锋，在南大率先“考教授”，还把教授们的考卷张贴在南大宿舍区大门口，用意是要“煞煞反动学术权威的气焰”（其他的系正要跟上的时候被校军宣队制止了）。记得有一个考题是“写出八个样板戏”，可怜这些老教授，如陈中凡、汪辟疆等，致力于古典文学研究，加上年事已高，哪里记得全样板戏的名字，而赵先生一则是搞现代文学的，二则毕竟年轻些，所以答得最好。我记得唯一的错是把《海港》写成了《码头》。即使如此，造反派学生还是毫不留情地嘲骂，在评语中给他戴上“‘梦想在布拉格金色的草地上打滚’的浪漫诗人”的帽子。

在造反派的语汇里，“浪漫诗人”应该是“不学无术”

“不务正业”“不干革命”的同义语，可是颇有讽刺意味的是，这个称呼恰好对了赵先生的心思。赵先生非但以诗人自傲，而且以“浪漫主义者”为自我期许。诗与浪漫，在他的心里是密不可分、融为一体的，他的论文集《诗歌与浪漫主义》便是最好的说明。在中国古典诗人中，他最推崇李白。记得一天中午，父亲从学校回来，说“今天听了赵瑞蕻的讲座”，母亲问“讲什么”，“讲李白”。我很好奇，赵伯伯不是搞外国文学与现代文学吗？系里一大帮古典文学专家，怎么轮到他讲李白？等我长大些才明白这并不奇怪，因为赵先生觉得自己在精神上和李白是相通的。他自己的诗歌，承袭了新文化运动浪漫主义诗歌的余绪，同时受到以戴望舒、李金发为代表的现代派诗歌的影响，又吸取了中国古典诗词特别是太白、东坡、稼轩这些具有浪漫主义精神的诗人作品的营养，诗句是自由体的，但是在节奏上吸取了古典诗词的律动感与韵味，显示出一种细腻中含着狂放的诗歌风格。

我曾经跟赵先生说起中文系造反派学生送他的“雅号”，问他“在布拉格金色的草地上打滚”是不是他自己的一句诗，他脸上浮起惯常的微笑，慢悠悠地说道：“我，我什么时候写过这样一句诗？”不过他立刻又接着说：“不过，人家那草坪真是美！”那神情，似乎在他眼前真的浮现出一片洒满金色夕阳的绿茵。我至今不知道他是否的确在某一首诗里发出过这样的感慨，学生给他这个雅号似该有据，不过我并未曾考证过。

我总觉得，赵先生对浪漫主义的热爱源自他的天性，源自他历经磨难而透明如故的那颗赤子之心。赤子心固然使他有时显得笨拙，不合时宜，不谙世故，另一面却也造就了他的乐观与豁达。他有过沉默，但从未有过颓唐，即使在“文革”初期，造反风头正盛，教授们纷纷被“揪出来”批斗，那时候赵先生也未曾垂头丧气，更不曾绝望。那些日子他确实失了往日的奕奕神采，但是对于生活的信念并未丝毫动摇。我见到他的次数少了，但是每次遇到他，他都仿佛什么也没有发生，仿佛头天并没有被批斗过，那种坦然，那种泰然，绝对让你惊叹，一个文弱温和的书生内心何以有如此坚忍不拔的力量来支撑自己直面突然降临的苦难。

赵先生固然首先是诗人，但同时也是卓有成就的翻译家。他早在上世纪40年代初就着手翻译司汤达的《红与黑》，数年后付梓，出版方是上海作家书屋。《红与黑》从此有了第一个汉译本。赵先生曾经给我看过这版《红与黑》，出版时间是抗日胜利后不久，其时物质极度匮乏，书的纸张是黄色毛边纸，印刷也比较粗糙。几十年里赵先生一直把这书小心翼翼珍藏着，每次与人展示，对于自己是《红与黑》的首译者那份自豪，便溢于言表。尽管这个译本如今已经鲜为人知，但它在中国翻译史与中法文化交流史上的价值却不容低估。因为我搞法国文学，赵先生多次与我讨论《红与黑》，他认为其丰富的内涵足以与《红楼梦》比肩，研究《红楼梦》的“红学”能成为显学，研究《红与黑》这门“红学”也理应成为外国文学领域的显学。正因为先生非常看重这本书的艺术价值与思想价值，而他 40 年代的译本由于历史原因未成全本，所以几十年中于心总是戚戚，到了晚年，他毅然在繁重的教学科研工作之余着手重译。听他女儿赵蘅说，他猝然辞世时已经完成了十章，盛手稿的牛皮纸袋上赫然写着“死不瞑目”。这四个大字，不知是他用来鞭策自己务必善始善终，还是他已经感觉到精力不济而不由得表达了内心的恐慌，这一点永远也无从知晓了。但是无论如何，这十章手稿如同一块纪念碑，宣示着一位勤奋严谨的翻译家的心愿与艰辛。

从这四个大字里可以读到许多东西，其中一条就是内心的坚守。在抗战那个食不果腹的年代，潜心从事这么一部文学巨著的翻译，既需要对文学的虔诚，也需要坚韧的精神和对人生的乐观态度。晚年重拾青年时代未完成的工作，同样昭示了他在文学理念上与精神追求上的坚持。先生虽然以浪漫主义为标榜，但是他与新文学运动的某些著名浪漫主义诗人并非同道，他的浪漫，不是没有根基的水上浮萍，不是没有尊严的随波逐流，他的浪漫主义植根于对自我内心的信任和尊重。先生崇拜鲁迅，尤对鲁迅先生的《摩罗诗力说》有精深独到的研究。他对《鲁迅〈摩罗诗力说〉注释·今译·解说》这部作品，比对自己的其他任何著作都重视，并且在心底里引以为傲。他一定认为，自己的精神世界与鲁迅的精神世界在《摩罗诗力说》相会了。

在许多人眼里，赵先生是“洋派的”。他中等个子，面庞瘦削，鼻梁高而直，肤色白皙红润，高兴或激动的时候更是直泛出红光来，令人不由得怀疑他有欧人血统。他的头发，在我的记忆中似乎很早就花白了，然而即使到了晚年却仍旧异样浓密，自然卷曲着，配上白里透红的面色，堪称风度翩翩。配上当年很少有人穿的西装，那形象在当时甚至可以说是张狂的，而这很符合他诗人的身份，诗人嘛，都是外向甚至狂放的。然而，我总感觉到，赵先生内心其实是很传统的。古人云：“狂者进取，狷者有所不为也。”有狂有狷，二者结合方有所成就。从这个意义上说，赵先生是一个狂狷之士。他在诗歌创作与诗歌研究上，推崇个性的张扬，彰显内心的力量，而在创作与学术范围之外，他是内敛的、温厚的，甚至可以说是拘谨的。我一直觉得，赵先生天生具备诗人气质，这么说是因为他天性率真，心里藏不住话，喜怒哀乐都写在脸上。然而，赵先生其实是个敦厚君子，相当内敛，加上他有点口吃，平时话不多，从不喜欢与人争执。他关心与在意的，唯有情怀、诗歌与艺术，所以他是淳朴的，甚至有点天真。他夫人杨苡先生说他是“不食人间烟火的浪漫主义者”，是“死读书、读死书的书痴”。她每次到我们家来，闲聊时总免不了要拿赵先生打趣，取笑他日常中的种种笨拙，如果赵先生也在场，他往往会咧嘴一笑，似自嘲又似辩解，慢悠悠说道：“哪，哪有这事。”

在常人眼里，“书痴”多与老夫子同义，单看赵先生俊朗潇洒的外表，加上有些洋气的做派，很难相信杨苡先生的话，然而赵先生确实是个“书痴”。他好像没有什么爱好，最大的乐趣就是与书打交道——读书与写作。与他聊天，三言两语便会转到读书上来。他爱读书，并希望所有人都爱读书。我大学毕业后到军垦农场劳动了两年，说是“储备提高”，但是最终由于出身“反动学术权威”家庭而被层层下放，分配到贫穷的皖北最贫穷的泗县一所农村中学。说来也巧，杨苡先生的祖籍就是泗县，她对那个地方的贫瘠落后有所耳闻，对我的处境深感焦虑，隔三差五就来向我母亲询问我的情况，商量以后的出路。赵先生关心的却只有一件事，就是我在乡下是不是坚持学习。他唯恐我消沉下去，丧失意志，荒废了学业。有一年寒假我回到南京，杨先生不知从哪里弄到几张江苏杂技团的演出票，邀请我一同去观看。在那个除了革命文艺小分队的“忠”字舞和快板书之外几乎没有什么文艺演出的时代，这是难得的机会，我欣然接受。按照约定的时间，我兴冲冲去赵家，赵先生正好在客厅，他劈头第一句话是：“你要去看杂技？别，别去看那东西，有时间看看书。”我一时间不知该说什么，愣怔在那里。杨苡先生在一旁说：“人家孩子好不容易回来一趟，你不看就算了，还不让人家看？”又对我说：“甭理他，咱们走。”赵先生见我一副抵挡不住诱惑的模样，不再说什么，无可奈何摇摇头。

1979年春节，我研究生入校刚半年，在南京不慎摔伤了手，在赵家住了两天养伤。赵先生最关心的不是我的伤，而是我“除了英文，有没有再学习一门外语”。我告诉他“想学但是没有时间”，他很不以为然，说再忙也是能挤出时间的，然后便从书桌上拿起一本小红书，告诉我他正在学意大利语，没有教材，就用意大利语的《毛主席语录》来学。他郑重其事地对我说：“你研究欧洲文学，不会意大利语不行。光懂英语、法语不够，还应该学一点德语、意大利语。”回到学校，我想起赵先生的嘱咐，决定再修一门外语，可是当时西语系没有开设相关的公共课，计划落空。后来想想，归根结底还是怪自己没有决心，否则办法是可以找到的。如今每每想到赵先生，想到先生谢世已经20年，20年里自己荒度了许多宝贵的光阴，终于应了那句老话“少壮不努力，老大徒伤悲”，每当此时，便觉得愧对先生对我的期望，同时，对先生的思念便愈发强烈起来。

微斯人，吾谁与归？

——怀念张冠尧先生

张冠尧教授去世已经16年了，这16年里，我不时想写点什么来纪念他，却又因为种种原因一直没有写。《精神的魅力》第四辑是纪念北大120周年校庆的专刊，蒙编委会向我约稿，我答应了。在北大数十年，亲身经历加上所见所闻，值得说的人和事应该不少，可是提起笔来，却又茫然不知从何说起，那感觉有如抓着一把沙子，觉得很饱满，很实在，然而稍一松手，沙子便从手指间流淌了，手掌里空荡荡的。

不过既然应承了，写就是必须的。头绪纷纭间灵光一现，忽然想到何不就此机会写写张冠尧先生呢？正好了却心头的夙愿。转念一想，我又有些迟疑。在“北大精神的魅力”这般大题目下，倘若照着接受美学关于“期待视野”的理论，读者期待于此次阅读的应该是，开卷后即刻进入一片文化圣地，朝拜那些声名远播的文化大师与学术泰斗，就拿我所在的原西方语言文学系来说吧，我想，读者翘首以盼的，太遥远的且不去说，至少是与西南联大以来与西语系（北大西语系的“上游”可追溯到原清华、北大、中法大学等校的外语系）有关的诸公如吴宓、叶公超、朱光潜、曹禺、冯至等实现跨越时空的“神交”，庶几能够“依前圣以节中”也！

不能不承认，与上述显赫的名字相比，张冠尧教授的名字也许没那么响亮，说不上“久闻大名，如雷贯耳”，法语界和翻译界以外的人，甚至可能对这个名字很生疏。

但是，我还是决定写张先生。

理由其实很简单，吾生也晚，与西语系历史上这些大学者无缘交集。虽然1978年入西语系读研，不少老一辈名师还健在，如朱光潜、杨周翰、赵萝蕤、李赋宁、郭麟阁、陈占元、田德望、杨业治等等，而且大都不顾高龄体弱，亲自指导研究生，因而与他们或多或少有些接触，可是有限的交集远不足以让我妄称自己是“某某大弟子”，便是称“私淑”，恐怕也有欺世盗名之嫌。尽管很愿意迎合读者的期望，却实在觍不起面皮，像某人那样自诩为某“国学大师”的“关门弟子”。不过话又说回来，这些名师的学养与风范对当时求知欲正旺的这批研究生，毕竟多少产生了潜移默化的影响，而且终身受用，这是很值得庆幸的。

再容我宕开多说一句。那时还没有“外国语学院”这一级建制，而且英语系也还没有独立出去，单凭这些学者的名号，北大西语系在全国外国语言文学界就稳稳独占鳌头，教学与研究力量超强，毫不夸张地说，真是独秀天下，一览众山小。后来英语专业与公共英语合并成英语系，再后来西语系、英语系与俄语系、东语系大合并，成立外国语学院，西方语言文学系这块金字招牌便被弃之如敝屣，不能不说是一大遗憾。这是题外话，且按下不表。

回过头来说张冠尧先生。依学术辈分，张先生比当年西语系的这些名师们晚一代甚至两代，不过若以才学论，恕在下斗胆妄言，张先生与他们纵使不能比肩，差距也不算大。早在西语系念书期间，张先生就有“才子”之美誉，用当下的语言说就是“学霸”。或许因为中国新文化运动兴起之初，法国文学的输入对中国社会与文学革新推动之功甚伟，曾经有那么二三十年，学习法语与法国文学为许多文学青年所向往（这与眼下学习外语的功利目的迥然相异），其中自然不乏奇俊之才，张先生就是其中一个。

既被誉为“才子”，就自然不是只会拿高分，才子是必须有才力、才情、才学的。张先生少年时随父侨居越南，其时为法国殖民地，法语是官方语言，回国求学，选择法语专业可谓驾轻就熟，再经过五年本科的淬炼，法语功力卓然超群。更令人佩服的是，他的英语，听说读写译也样样拿得起，娴熟程度几乎与法语不相上下，说他精通法英两国外语，是实至名归，绝非某些人自我标榜的“精通”几门甚至十几门外语，实际上既听不明白，又说不流利，更写不出像样的文字，仅仅入门而已，离登堂入室远着哩。张先生长期担任北大加拿大研究中心主任。加拿大虽然是双语国家，但是两个语区的人都偏爱自己的语言，与加拿大人交往，同英语区的讲英语，同法语区的讲法语，便利于感情沟通，从这一点说，加拿大研究中心主任一职可以说非张先生莫属。他能够在两种语言间自如地切换，加方从使馆官员到各路学者都对张先生地道的英语和法语佩服得五体投地，而交流的顺畅自然使研究中心与加方的合作开展得顺风顺水。

张先生多年主讲研究生拉丁文课程，可见其拉丁文水平也非同一般。我本人在翻译中每每被拉丁引文绊住，凭一点构词知识，或能蒙出个大概，可是面对复杂的变格变位，多半百思不得其解，此时办法只有一个，就是向张先生讨教。一个电话打过去，问题迎刃而解。这种电话打多了，心里不免忐忑，于是先要说上“抱歉打扰”云云。然而张先生却从未流露出半点愠恼，始终慢条斯理地耐心解答，还顺便传授一点变格变位的知识，介绍一点作者的相关信息，使我获益匪浅，每次提问仿佛都是一堂课。有几次，他第二天还特地打电话过来，对头天的解答做些补充。后来我听说，系里乃至外系的老师常有打电话或登门向他请教各种问题的，而且无不为他的耐心与谦和所打动。

张先生在海外度过幼年，但其扎实深厚的中国文化根底，令我这个所谓有家学的人汗颜，不知他是不是有书塾的底子。他博览群书，记忆力又好，四书五经、唐诗宋词、元曲杂剧，几乎无不涉猎。诚然，中国文学他未曾专攻，然而知识之渊博，确乎超出常人。他通晓拉丁文，在古希腊罗马文化方面也有可观的积累，所以论中外文化，张先生虽然不能称为专家，却是个地道的“杂家”（用其褒义，换个说法就叫“百科全书式的学者”，亦即吴小如先生提到吴兴华时所说的“有学问的人”），而对于一个翻译家而言，文化积累之“杂”非但不是缺点，反而是极难得的优势，甚至可以说是成为优秀翻译家的决定因素之一。

凭着扎实高超的语言功夫以及渊博深厚的知识，张先生的翻译达到了炉火纯青的境地。他的译著不但量多，而且质高，如莫泊桑《漂亮的朋友》、梅里美《中短篇小说集》、司汤达《红与黑》、巴尔扎克《高老头》、罗曼·罗兰《名人传》等等，都是译界专家与读者击节赞叹的精品。有一部作品，论者鲜有提及，但我觉得是张先生译著中的一部力作，那就是巴尔扎克的《赛拉菲塔》。巴尔扎克的小说，数此书最特殊，与中国读者熟悉的巴尔扎克那些所谓描写“典型环境中的典型性格”的现实主义小说不同，它集中体现了巴尔扎克对当时流行于欧洲的斯威登堡神秘哲学思潮的迷恋。其中的景物描写，画面奇异瑰丽，中间穿插着具有浓厚神秘哲学色彩的宏论，语义深奥，故而翻译难度可想而知。人民文学出版社《巴尔扎克全集》出版主持人艾敏把它交给了张先生，说明了出版社对张先生才学与译笔的充分信任。果然，张先生不负众望，完成了一部可以令所有翻译界同仁折服的译著。这部小说中国读者不太熟悉，张先生精彩的译文因此未引起应有的关注，这无疑是很遗憾的事。

张先生博闻强记，才情飞逸，这样的人大多能言善辩，但张先生却少言寡语，不喜争辩。每当有人高谈阔论，兴意酣浓间不觉张冠李戴指鹿为马的时候，也就是说不自觉露出“硬伤”的时候，张先生从不打断对方，拎出错误，让对方难堪。他只是露出浅浅的一笑，那就是在善意提醒高谈阔论者该回去好好补补功课了。所以在我们眼里，他既是老师，又是宽厚的兄长。

张先生身体原先是极好的，而且人生得少相，看上去比实际年龄年轻许多，加上精神面貌好，脸上挂着笑，步履矫健如飞，颇有些“春风得意”的意思。其实熟悉他的人都知道，他身上压着沉重的家庭负担，时间与精力受到的牵掣非一般人所能想象。他夫人长年患病，是医院的常客，每次去医院，都靠张先生用小板车或者平板三轮车接送。有一段时间，大家几乎每天都看到年届花甲的张教授吃力地踩着三轮车送夫人去医院打针吊水。他是个不怕被别人麻烦却生怕麻烦别人的人，这种事他总是自己默默去做，既不求同事，也不找学生。他承受着生活的困难，甚至折磨，却从来没有吐露半句怨言或者长吁短叹，相反大家看到的，永远是他乐观阳光的一面。在我知道他做学问搞翻译的时间是从无数家务琐事的缝隙中抠出来的时候，我深为自己经常无端地打扰他而懊恼不已。同时我也很纳闷，张先生一天到晚有这么多琐事拖累，什么时候读了那么多书，又什么时候翻译了那么多作品呢?

2000年，张先生发觉锁骨处有一小包块，他并没有在意，校医院大夫劝他去三院，检查结果令所有人震惊：肺癌晚期！立即手术，但癌细胞已经侵蚀了整个肺部。原样缝合，唯有化疗，同时辅以中药治疗。起先似见效果，然而不久病情便迅速恶化。但我每次去医院探望，他依旧平静而乐观，还不时说两句笑话。

暑假前的一天去医院看望，他已经很虚弱，斜倚在病床上。他神情郑重地对我说，他现在放心不下的是还有一名博士生已经预答辩，还没有正式答辩，希望暑假后我能帮助这名博士生完成答辩程序。我隐隐有一种不祥的预感，觉得这是张先生最后的嘱托。最后一次去医院看他是与院党委书记同去的，他刚做完放疗，虚弱得几乎不能说话，我们不忍久坐，安慰几句就告辞了。几天后，传来张先生去世的噩耗。

可以告慰张先生在天之灵的是，我完成了他的嘱托，他牵挂的那名博士生答辩顺利通过。

像张冠尧先生这样的老师，燕园里数以百计。从他们身上或许看不到指点江山、救国救民、舍我其谁的张扬的五四风姿，或许也看不到在艰苦环境中“弦歌不断”的西南联大师生的风采，甚至也难以轻易觉察到高蹈“独立之精神，自由之思想”的民国学术大师的风骨，但是难道我们从他们身上就领略不到北大精神的魅力，体悟不到北大品格的光辉吗？这些终其一生勤勤恳恳，在学术园地默默耕耘，在三尺讲台呕心沥血的教师，他们不事张扬，不求闻达于世，唯愿无愧于心，难道不是与五四爱国学子一样，与大师们一样，以自己的全部的生命赋予了北大精神一种如岩石般厚重而又如春雨般滋润的人文内涵么?

张冠尧先生确然称不上大师，也并非学术大腕、网络大咖，或者什么讲坛的著名主讲，然而我却永远怀念他，永远敬仰他。

“微斯人，吾谁与归？”

丁酉年三月于京北

原载《精神的魅力——2018》

随笔编

弘扬学术　锲而不舍

——纪念三联书店成立五十周年

中国出版社据说凡五百家，三联书店可称卓然超群者。三联自创立之日起，便以弘扬学术为己任，深得几代学人的敬重，这使得三联的名字与半个世纪以来中国学术研究的历史结下了不解之缘。

弘扬学术，扶持学人，说易行难。经济转型，利润杠杆维系着出版社的命运，功利的喧哗搅乱了学人的清静。于是张扬学术，从定义上、内容上、方法上都同过去不很相同，甚至很不相同了。在这种情况下，倘若没有对时势的深刻理解，没有对市场与学术关系的正确把握，没有对新的历史条件下学术的功能和作用高瞻远瞩的定位，没有开拓市场的高超技巧，那么坚持弘扬学术就只能是华丽的辞藻、空洞的愿望、自欺欺人的谎言。三联能够成为国内一流学术性极强的出版社，在国际上也为出版同行另眼相看，除了热情和勇气，靠的是三联同仁上上下下审时度势；既顺应潮流，又不随波逐流；思深，虑远，心诚，行笃，于是才有今日的昌达。

弘扬学术，无热心和眼力固然不可，无学人的响应也将如无水之源，无本之木。三联之所以在学术出版方面独领风骚，与善于团结学人密切相关。现如今学术繁荣，学人活跃，著作等身者比比皆是，邀约一两名学者，推出两三部力作，并非难事；集七八顾问，编三五套丛书，亦非高不可攀。堪称难能可贵的是常年好书不断，新译新著如雨后春笋，既为读者看好，更被学者称誉，学术层次，学术质量，国人有口皆碑。达此境界之佼佼者，屈指可数，三联无疑名列其中。其秘诀无他，乃是因为三联周围聚集了众多文化人，他们把三联视作学术论坛和学者俱乐部，思想在这里交锋，理论在这里砥砺，传统和创新在这里交汇，东方和西方在这里对话，学术成果尤其是前沿学术成果荟萃三联，自然水到渠成，瓜熟蒂落。

为什么学人们独重三联？有人说，三联倚《读书》之名，得《爱乐》之势，近年又有《生活周刊》复出，更如虎添翼，故而联络国内著名学者易如反掌，招徕国外“绿卡族”凑趣也不足为奇，言外之意，假如我有几份这样“炙手可热”的杂志，照样可以振臂一呼，应者云集。《读书》等刊物的影响力确实是三联与学术界之间的重要纽带，可是这些刊物的影响力又是从何而来的呢？难道不是有一批著名学者包括许多中青年学者热心撰稿的缘故吗？而这批撰稿人难道不是如沈昌文先生这样本人就具有深厚学养的编辑们在长期的工作中逐渐组织起来的吗？所以，《读书》等刊物之影响力，在这里是果而不是因，不可因果倒置。

学人偏爱三联，我觉得首先是因为三联有胆识，学人乐意与之为谋，其次是因为三联对待学人既诚且信。诚者，坦诚相见；信者，虚怀若谷，察纳雅言。三年前，我们北大法国文化研究中心有感于法国当代思想著作在国内的介绍零散不齐，而且多半从英文转译，于是起意编一套法兰西当代思想家著作丛书，与三联洽谈，双方一拍即合，几次沟通之后，老总董秀玉女士一锤定音："即便赔钱也出。"她还强调，丛书虽然定位于较高的理论层次，但也应力避阳春白雪之弊，为此她建议把丛书定名为"法兰西思想文化丛书"，以便吸纳多层面的作品，适应多层面读者的需要，我们对此欣然接受。在这样一种相互理解和信任的气氛中，丛书的操作进展顺利。应该说，这种愉快的合作本身就是一种高层次的精神与文化享受。

如今中国图书业步履维艰，市场之扩大，似乎远落后于出版人与热心人的想象或期待，更兼商情风云诡谲，变幻莫测，出版运作之风险，业外之人也可以想象一二。因此，对三联书店在市场经济条件下继续发扬扶持学术的传统，并取得世人瞩目的成绩，业内外有心人在庆贺之余，作一番专题探讨，对我国出版业走出困境，或许不无裨益。

——原载《中华读书报》1998年12月2日

喜耶？悲耶？

——写于《巴尔扎克全集》出版

《巴尔扎克全集》30卷本终于与读者见面了，恰好又逢巴尔扎克诞生200周年，《中华读书报》的赵武平君约我就《全集》出版和巴翁诞辰写点东西。关于《巴尔扎克全集》的出版，本来不该由我来写，我在其中不过是敲边鼓的角色，人民文学出版社从头至尾负责这项工作的夏玟女士不必说，组里其他诸位同仁，也无不为这部书殚精竭虑，付出的心血比我多得多。不过，武平君的盛情却之不恭，我想，那就谈谈自己此时的一点感触吧。

我此时的心情可以用四个字概括：感慨系之！

《巴尔扎克全集》的编辑翻译工作开始于1984年。第一次在人民文学出版社参加《巴尔扎克全集》出版会议的情景至今还清晰地留在我的记忆中。那天，总编屠岸先生、副总编绿原先生、资深编审蒋路先生都出席了会议，可见出版社方面对这项工作的重视。给我印象最深的，是会上决定不按常例设编委会，也不设顾问，而是组成由夏玟女士总负责的编辑小组。编辑小组与以往编委会的区别在于，小组七人，人人要干实事，除了各自承担部分翻译工作，还要审校译稿，并为每部作品撰写题记。

会后，外国文学出版界这项空前巨大的工程立即启动。不久，小组成员就拿到了夏玟女士编写的人名地名作品名译名参照表。巴尔扎克作品涉及的专有名词，从古希腊罗马时代到 19 世纪上半叶，以浩如烟海形容一点不为过，而且他自己作品许多虚构人物常在不同的作品里出现（作家是把整个《人间喜剧》当作一个完整的时代画卷来构思的），夏玟编写的这个参照表，为整部书译名的统一做了坚实的铺垫。请想象一下，这需要花费多少时间与精力[①]，对她无私的付出与惊人的耐心细致，编辑组每个成员和参加翻译工作的所有译者都由衷地感到钦佩！

当时，大家设想，扑上去搞五六年时间，大概就可以完成。谁能料到，这一搞，就是十几年！最后一卷的译稿，我记得是 1996 年完成的，那以后的收尾工作（虽说是收尾，其繁重却有增无减）由夏玟女士一人承担。即使算到 1996 年吧，也已经 12 个春秋，如果算到正式出版的日子，则整整 15

① 当时还没有电脑，所有的检索与编排全靠人力。

年了！比原来设想的时间长出一倍以上。常言道：“十年磨一剑。”《全集》这把剑（希望它是一把真剑）竟磨了15年！人生有几个15年呢？在这15年里，小组的成员先后陆续跨过半百之年，黑发变灰，灰发变白。如今，终于看到《全集》30卷出齐，心里的感觉很难用语言来表达，喜耶？悲耶？我是说不清楚的，我想小组的其他老师们也说不清楚。

《全集》的前24卷，即《人间喜剧》部分，进行得比较顺利。傅雷先生翻译过200多万字，都在人民文学出版社出版，译笔自是上乘，只需要根据法国伽利玛出版社权威的“七星诗社”版核校一遍；除傅先生的译文，其他一些译家的，亦有佳品。其余部分，虽然数量依然可观，但是毕竟是小说，愿意承担译事的不少，“主动请缨”者亦不在少数。第25卷和第26卷分别是戏剧和《滑稽故事》（后由译者定名为《都兰趣话》），由小组里的张冠尧和施康强二位高手分任译者。最后四卷，则有点麻烦。这四卷是巴尔扎克的书信和杂文。巴尔扎克杂文不少是“急就章”，或是为应付稿债，或是为自己编辑的杂志“救场”。一挥而就的东西，文字必然粗糙，加之形形色色信手拈来的文坛掌故、政界传闻乃至社会轶事，译起来十分头疼。文字障碍且不说，单说这些乱七八糟的“花絮”，时隔百多年，不要说中国的译者，就是法国的巴尔扎克专家，也未见得都能一一考察明白。还有一件麻烦事：这四卷的翻译工作开工时，法国“七星诗社”版本的相关部分尚未出版，只好根据阿尔班出版社的旧版本，这个版本的注解做得绝对谈不上精到，这对翻译而言，无异于失去了助力的拐杖，愈发步履维艰。翻译这一类文字，稍有经验的一望即知吃力不讨好，而且译出来，除专家学者感兴趣外，读者肯定少得可怜，谁愿意做这种事倍功半的傻事呢？译者难请，只好在编辑小组内部“消化”。于是，小组内好几个人领了这份苦差事。我“有幸”也领了20万字。其中的艰辛不去细说，译完之后，大有心力交瘁的感觉。原先对巴尔扎克，除去小说，只读过少量文论与书信，如今每天坐在书桌前，面对信马由缰、东扯西拉的几十篇杂文，对这位大文豪不免或多或少生出些许厌倦。这位仁兄真是一个侃家，脑子里也不知怎么装了这么多的“信息”（那时可没有谷歌、百度啊！），似乎没有他不知道的事，难为他还有这么多的词，口若悬河，滔滔不绝，曲里拐弯，没完没了。这种铺天盖地的语言轰炸，夹杂着许多不明就里的人和事，迫使你不时向摞起来一米多高的各种工具书求救，翻来覆去查得头晕眼花之后，却往往是一无所得，心里就别提有多窝囊了。此时免不了要暗自骂上两句：“这般贫气怎么得了！”

当然啦，骂归骂，心底里还是不能不佩服，同时对巴尔扎克那颇遭非议的文笔也就有了几分理解。法国评论家一般认为巴尔扎克的文笔过于滞重，过去我总以为那是他没有好好念过书，语言上缺乏严格训练的结果，译了他的杂文，才感到，这个豪爽的汉子不但身体魁梧，而且脑容量惊人，才思又无比敏捷——虽然小时候没有吃上“脑黄金”“巨人钙”。他的思想往往跑到他手中的羽毛笔的前头，结果是他不得不一下子把许多思想塞到一句话里去，这才是他文笔显得有点笨拙的重要原因。每句话都被思想撑得满满的，不给读者留下想象的时间与空间，自然就缺少空灵与飘逸。因此公正地说，这位仁兄有时犯点滞涩的毛病也实在是不得已，对此加以苛责，不免会忽略他在思想上超越常人的一面。巴尔扎克的生命力像一个猛烈燃烧的火炬，烧得太快，火焰熊熊，在大放光明之际却突然熄灭，应了他在《驴皮记》里说的，一个人的生命是个常数，消耗越多，生命结束得就越快。然而他的生命发出的光是那样强烈，相形之下我们的生命就显得太黯淡了。今天在纪念巴尔扎克诞生200年的时候，我们不能不对这个天才的生命再次表示由衷的赞美。

随着纪念日的临近，各种活动即将展开，平时关心或不关心巴尔扎克的人的神经都兴奋起来了。在喧闹声中，我们的法国朋友突然发现原来中国还有这么多的“巴尔扎克研究者”，自然也兴奋得很。和兴高采烈的各种庆祝活动相比，耗时10多年翻译编辑《巴尔扎克全集》肯定是最缺少轰动效应的行为。然而，“逝者如斯”，做了就让它做了吧，唯一希望的是，它能成为一个实实在在的纪念，一曲对于美、对于文学、对于法国文化平实的赞美歌。

水落而石出

近几年来，西方文学理论的门庭似乎日见冷落，然而正是在这“何处秋风至，萧萧送雁群”的时候，我们惊喜地发现，热浪过去之后，西方文学理论研究界却出现了“山高月小，水落石出”的景象。石者，坚实的研究成果也，我们看到了一批有分量的研究著作和文章先后问世，盛宁先生的著作《二十世纪美国文论》(以下简称《文论》)便是其中的一部。恰如水落才能见石出，有价值的研究成果也许只能是汹涌的大潮过去之后才能出现的。既然“千杖敲铿羯鼓催”的场面过去了，自然显出了几分冷清，然而这冷清却说明了研究界的成熟，所以更令人鼓舞。

《文论》给我的第一个印象是稳重厚实。实实在在的第一手资料充分证明了作者严谨的治学态度，清澈明晰的论述则显示了作者求实的文风。这部著作的研究范畴是西方文论。前些年，西方文论是一门显学，在某些人眼里，做这门学问，是卖弄炫耀，故作玄虚，把简单的事说复杂，把浅显的事说艰深，把明白的事说糊涂的大好时机，他们行的是“以艰深文浅陋”之道。盛宁先生的《文论》则坚决反其道而行之，行文平实自然，表达明白流畅，而且条理密贯、层次分明，把整个20世纪美国文学批评的主要派别和流变清楚地呈现出来。这一点，初看似乎平常，真正做到却相当不易。20世纪，特别是50年代以后，美国的文学批评与西方其他国家的文学批评一样，花样翻新，派别林立。材料的梳理，内容的取舍，轻重的平衡，本已是叫人伤透脑筋的事，更不用说以一种深刻敏锐的历史穿透力将材料分类综合，然后纳入一种叙述框架中了。

盛宁先生这部著作不以《批评史》为名，那道理可以从《后记》窥测一二。作者显然赞同美国当代著名批评家韦勒克的意见，认为“批评史实际是不存在的”。韦勒克不但认为批评史不存在，而且否认一切文学史，尽管他自己仍旧写了八卷本的《批评史》。不过，我倒认为，这部书如命名为《批评史》亦无妨，因为它研究的实际上是美国文学批评的历史。作者对美国20世纪文学批评既有宏观的把握，又有微观的体悟和心得。在按时间和流派分章论述的框架内，作者在不同时代和流派的批评家之间自如穿行往返，不断进行对照比较，使他的论述充满张力和动感。举例说，第四章第一节里介绍芝加哥学派，作者不是就事论事地胪列芝加哥学派的代表人物和特点，而是从芝加哥学派与“耶鲁理论家”的论争入手，在肯定芝加哥学派“带有很强的形式主义批评的倾向”的同时，着重分析了这个经常被列为新批评的学派与无妨称之为正统新批评的耶鲁派之间分歧之所在，这就使读者不但了解了芝加哥学派的理论特点，而且对整个“新批评”的状况和地位有了更清晰的体认。再如，当代重要理论家杰姆逊，作者主要在《新左派和西方马克思主义批评》一节里论述，但是杰姆逊的《语言的牢房》却提前在《结构主义诗学》一节中介绍，这样的安排，不但并不给人割裂感，而且使读者更全面、更准确地了解了杰姆逊理论的生成和发展，了解了马克思主义批评与其他派别的关系，读来有一种融会贯通的快感。

这样的论述方法，较之死板的条块分明的描述难度要大得多，一旦把握失度，或者安排失当，就会造成缺憾。我以为，《文论》的个别地方就有这样的缺憾，例如，《文论》把《小说修辞学》的作者布斯放在新批评一章里介绍，鉴于书里没有设专节讨论叙事学，这样安排本无不可，可惜作者在这里稍稍仓促了一些，对布斯和新亚里士多德派的思想血缘关系一笔带过，语焉不详，这就使得布斯在这里出现多少显得有点突兀。

西方批评家大多数注意批评实践，他们的理论都有很强的可操作性（至少在批评家本人看来是如此），所以，理解他们的理论，必须和理解这些理论的具体操作相结合。《文论》的作者对此深明于心。他凭借丰富的第一手资料，不但注意勾勒各种理论的轮廓，而且注意介绍在理论指导下的批评操作。例如解构主义，单讲理论是很玄妙的，很难使读者十分了然。《文论》在介绍米勒时，用将近三页的篇幅带领读者跟随米勒徜徉于英国“湖畔诗人”华兹华斯《序曲》第五章，看这位解构主义的代表人物如何消解以往的各种诠释而构建自己的阅读空间。解构主义批评，拿手好戏是用耐心细密的论证进行消解，正如《文论》作者所说，解构阅读中“过渡性的论证往往是最能体现批评家的逻辑思辨能力和阅读技巧的”，所以，倘若不举这个解构式读解的实例，让读者目睹一次批评操作全过程，读者就很难真正体悟解构为何义，也很难体悟其精华之所在。因此我们在诸如兰色姆、布鲁克斯、韦勒克、蔡思等人的段落里清楚地看到，理论的操作一直是作者高度重视的内容。

一般说，一种文学思潮衰落以后，并不是立即消亡并为另一种思潮所取代，而是将继续存在很长时间，而且会渗透到后起的理论和方法中。许多理论在时间上是平行的或者是部分重叠的，因而必然互相影响，互相浸润。批评史上最重要的行为不是取代，而是积淀和深化。所以，轻易地用过时、落后甚至反动之类的字眼来限定某种理论和方法是不对的。我们看到，这个观点在《文论》中是从头至尾一以贯之的。我觉得，这个观点完全可以而且应该推广到整个文学史范畴。自觉地实践这个思想，将为我们的文学史研究和写作带来革命性的变化，而《文论》已经开了一个令人鼓舞的先例。当然应该指出，可能是因为作者太重视这个思想了，观点的直接论述过多、强调过多不免有重复之嫌。其实，重要的是使之渗透到具体的考察分析中，直接的宣讲点到为止即可。

——原载《读书》1994 年第 8 期

幸福与荒谬

西绪福斯[①]是古希腊神话里的一个暴君，罪恶罄竹难书，被打入地狱，每日推石上山。每当离山顶仅一步之遥时，巨石便轰然滚回山脚，他又下山推石，如此循环往复，永无出头之日。他的遭遇，在西方文化中经常用来象征人在命运前的无奈。法国哲学家、作家加缪在他的代表作《西绪福斯神话》中采用了这个主题。他吸取了这个神话象征人类命运的一面，对另一面，即西绪福斯作恶受罚这一面，却反其道而用之，做了一篇多多少少带有“翻案”意味的文章。他的看法是，西绪福斯“是悲壮的”。

同萨特等存在主义者一样，加缪认为人的存在从外在世界是找不到理由的，因而是荒诞的。但是他又认为，人既不应该因此而浑浑噩噩，也不应该悲观消极。于是他想到了西绪福斯。他把西绪福斯在科林斯王国犯下大罪这一节撇开不提，单取他承受神祇强加于他的命运，在地狱里反复推石上

① 亦译作“西西弗”。

山这一节。此时的西绪福斯清醒地意识到，他从事的这项异常艰苦的劳动是没有结果的，是荒诞的；然而他并不因此而屈服，他知道不能从根本上改变命运，但是他对“每一步的成功”抱着希望。加缪满怀激情地说，西绪福斯“超越了自己的命运，他比他推动的石头还要坚硬”。

西绪福斯的形象到全书的最后一节才出现，但却是全书的核心。加缪从这个形象中不但发现了哲学意义、道德意义，还发现了审美意义。在加缪看来，西绪福斯的形象是美的。奋力推石上山的西绪福斯是美的；好不容易到达山巅，眼瞅着巨石又滚回山谷，于是迈着“沉重而均匀的步伐”下山，准备再次奋力推石的西绪福斯更是美的。这是一种悲壮的美，崇高的美。

不论是谁，只要读过加缪的另一部著名作品小说《局外人》，都会对他那种被称为“白色写作”的文体留下深刻的印象。与《局外人》里那个不动声色，语气枯涩，语言干巴巴的叙事人——某种程度上也就是加缪本人（有他的散文集《正面与反面》为证）不同，在《西绪福斯神话》这篇本应冷静客观的哲学论文里，加缪却大动感情，因为他确确实实被这个“悲壮的”形象感动了。他从这个形象身上发现了自己的生活经验与感受，同时他在这个形象身上寄托了对与他一样默默劳作，面对“荒诞生活”的折磨却从不放弃责任与希望的普通人的尊敬与热爱。他的感情自然地流露于笔端。加缪是一个表面上冷静得近乎无情，而实际上感情十分丰富的人，只是他的表达很含蓄，很深沉罢了。

《西绪福斯神话》奠定了加缪哲学思想的基础，因而也奠定了他的审美观与文学的基础。与《西绪福斯神话》同年发表的小说《局外人》的主人公莫尔索就是一个西绪福斯式的人物，后来发表的小说《鼠疫》的主人公里约大夫也是一个西绪福斯式的人物。如果说莫尔索对荒诞的反抗还不是很醒豁的话，那么里约大夫对“荒诞”（以鼠疫流行为象征）的态度就非常“西绪福斯”了。他一方面清醒地意识到消灭鼠疫是不可能的，而且救助鼠疫患者的一切努力也很可能归于徒劳，另一方面他又以惊人的毅力与献身精神坚持照顾治疗患者。在加缪看来，这就是对荒诞的反抗。在加缪的观念中，西绪福斯、莫尔索、里约大夫，都是值得尊敬的“荒诞英雄”。

西绪福斯这样的“荒诞英雄”为我们把荒诞与幸福这两个互相排斥的概念统一起来。“幸福与荒诞是同一块土地的两个产儿，他们是不可分的。”意识到生活的荒诞性，却又不放弃“每一步成功”，这就是幸福。加缪说：“应该设想，西绪福斯是幸福的。”《局外人》里的莫尔索也说，他是幸福的。

然而，“有时荒诞感也产生于幸福”。可以设想，当西绪福斯带着“沉默的喜悦”走下山时，生活的荒诞感在他心里一定是愈发强烈了。毫无疑问，从加缪笔下的西绪福斯形象，我们可以窥见加缪“荒诞哲学”的真谛。

今天，存在主义和加缪的荒诞哲学在西方已经失去了昔日的辉煌。不过，加缪的著作，尤其是《西绪福斯神话》与《局外人》，至少在法国依旧拥有大量的读者。荒诞哲学肯定不是一首激昂慷慨的英雄交响曲，它低沉，有时甚至悲怆，然而它无疑是一种激励、支持人们勇敢生活的力量。它虽然低沉，却很坚实，而且有时也会奏出震撼人心的旋律，比如它在讲述、评论西绪福斯的命运时就是这样。

——原载《中国图书商报》1999年2月2日

认识巴特

——《罗兰·巴特传》序

巴特的名字是和结构主义联系在一起的。当结构主义在80年代初作为一种理论模式或者说思维模式被介绍到中国来的时候，巴特的名字便和索绪尔、列维－施特劳斯等人的名字一起逐渐为中国读者所熟悉。在某些读者心目中，巴特甚至成了结构主义的同义语。这个印象无疑是片面的，然而也不是完全没有道理。在众多法国结构主义者中，像巴特这样对其时代产生广泛影响的人屈指可数。1980年，巴特64岁，正处在思想发展的巅峰。2月25日，巴特在离他工作的法兰西学院不远的地方横穿马路，被一辆小卡车撞倒……一个月后不幸去世。这不由使人想到1906年著名物理学家居里几乎同样的不幸结局。命运有时就是这样残酷地中止人类精神的活动。人类思想的发展固然不会因为某一个人的去世而停止，但是一个伟大思想家的生命突然结束，就永远埋葬了多少本应属于全人类的精神财富，这种损失，是不可估量的，也是无可弥补的。

从那时到现在，10多年过去了。如果说在80年代初，国内对巴特的认知，不过是东鳞西爪的二三手材料，那么现在，巴特的《爱情絮语》、《符号学原理》(已有至少两个译本，可惜都是通过英文版转译的)、《叙事学导论》、《时装系统》等重要著作已经陆续译介过来，谈论巴特不再是炫耀，而是对一种思想的浓厚兴趣，对一种理论的严肃探讨，对一个思想家理论形成过程的潜心求证和分析。当然，我们对巴特的“引进”和研究还远不够系统和全面，他的重要著作如《神话学》《文本愉悦》《拉辛论》《S/Z》等还有待“好事者”来译介。我们在这套丛书里编入了路易-让·卡尔韦的《罗兰·巴特传》也可以说就是一种“好事”之举，目的无非是为读者进一步了解和研究巴特助一臂之力，提供一点扎实的材料。

巴特是以结构主义文评家闻名于世的，然而他首先是一名出色的作家。批评家也是作家，这个原本天经地义的道理，许多人却并不认可，相反认为批评家和作家是冤家对头，或者认定批评家算不得作家。巴特以文学批评开始他的文学生涯，然而他不满足于当一名批评家，他要使文学批评成为一种真正的写作，即与文学创作等值的活动，使文学批评成为文学的一部分。这是他毕生的追求。应该说，他成功了。他的成功，得力于他的著作门类广泛，不限于纯粹的文学理论和文学批评，他的某些书，例如《爱情絮语》，可以看成散文作品。他的成功，更得力于他的一个持之以恒的信念：批评也是文学创作。用这本传记引用的密特朗总统的话说："巴特的写作风格特别适宜于表现他的思想。"一个不但有思想，而且还找到了最适宜表现自己思想的写作风格的人，难道不就是一个成功的作家么？巴特的文笔明晰而深邃，优雅而雄健，层次丰富细腻。这已为举世所公认。他的文风与笔法，是对法兰西语言优良传统的继承和发扬，他的作品已经成为法兰西文学宝库的一部分。

巴特一生的学术活动，是个不断质疑、不断否定、不断探索、不断开拓新的研究空间和研究领域的过程。巴特在《巴特自画像》里把自己的学术研究分为四个阶段。巴特这样做，似乎隐含着对划分思想阶段这种传统学术方法的嘲讽，不无调侃意味，不过毕竟还是在相当大的程度上反映了他的学术活动的演变过程。第一阶段是"社会神学"，代表作品是《写作的零度》和《神话集》，这个时候，巴特受到哲学家巴什拉和德国剧作家布莱希特的影响，把他的文学（包括社会学）的研究定位于文本的生成学。第二阶段是"符号学”，代表作品是《符号学原理》和《时尚系统》，在这个阶段上，巴特学术活动的热点转向符号学，他试图赋予现实生活材料以符号意义，并以符号学为基础，将传统的文学批评改造成一种“文学的科学”。第三阶段是“文本阶段”，代表作品是《符号帝国》《S/Z》和《文本愉悦》，巴特从前一阶段的研究出发，更深入地对文本的深层结构进行“科学”的揭示。在这两个阶段，巴特以索绪尔的结构语言学为基础，积极参与了结构主义思想的建设。第四阶段是所谓“道德阶段”，代表作品是《爱情絮语》和他最后一部著作《明室》。如果我们从巴特自己的话得出结论说，巴特同许多思想家一样，到晚年更加关注道德问题，亦无不可，不过我们要注意，对巴特所谓的道德，我们不能从一般的意义上，或者从传统的意义上来理解。就像被巴特视为此阶段对他产生文本间影响的思想家尼采所议论的道德问题有其独特的内容一样，巴特在“道德”标题下讨论的是享乐、快感、欲望这些问题，而所有这些都是密切联系着话语与文本来探究的。巴特似乎不再恪守严密的科学方法，而是更自由地阐发个人的观点。当然，几十年方法论的训练依然或隐或显地发挥作用。

巴特是一个开放型、开拓型的理论家。他的研究广泛地涉及文学、音乐、摄影、绘画、服装等方面，与其说他是文学批评家，毋宁说他是文化学者。他不但把结构主义理论和符号学原理运用于对经典作品的再研究，而且更注重当下文化现象和文化信息的解析。巴特一直密切关注着先锋文化，他在法国常被看作先锋文化的捍卫者。其实，巴特对先锋文化的态度，可贵之处主要不在于他对先锋文化的支持，而在于他把先锋文化放在动荡多变的法国社会的大视域中来观察，力图对先锋文化的产生、存在和作用做出有价值的解释。他对诸如以罗伯－格里耶为代表的新小说，以布莱兹为代表的音乐新潮、时装文化以及抽象画等现象与整个资本主义社会文化结构的关系的分析至今仍闪烁着智慧的光芒，具有启迪性。

风靡西方的结构主义如今已是明日黄花，但是我们相信这并不影响读者阅读这部传记的兴趣。因为结构主义对当代西方社会学、哲学、文学等诸方面历史形态的构成具有毋庸置疑的深远影响，也因为巴特这样一个不断进取的思想家走过的生活道路和思想道路对我们具有难以抗拒的魅力，甚至具有几分神秘感。我们相信读者一定会兴味盎然地读完这部传记作品，还因为卡尔韦的这部传记在描述巴特一生的历程时，突出了他遇到的艰难与曲折；不但介绍了巴特作为思想家的一面，更根据大量书面材料及其亲朋好友提供的见证材料生动具体地描写了他鲜为人知的普通人的一面；不但记述了巴特思想的主流，而且揭示了那些因为转瞬即逝而可能会被一般读者忽视的细小的思想浪花，从而使我们接触到一个有血有肉的人。这个人有弱点，有矛盾，不总是那么高大完美，然而这一切并没有遮盖作为伟大学者和理论家的巴特的精神光辉。

1997 年 7 月于燕北园

——原载《结构与符号——罗兰·巴特传》(北京大学出版社，1997 年)

文化中的神话

二十世纪五六十年代，法国很多知识分子信仰马克思主义，甚至赞成共产主义运动，至少很不喜欢资本主义，对资本主义文化传统也很不以为然。这种“反资”立场起码可以追溯到20世纪初的超现实主义，当时年轻的超现实主义者们恨不能一夜之间改天换地，把资产阶级文化，特别是那些被多数人视为经典而被他们看作旧传统文化代表的19世纪小说，毫不留情地“打翻在地，再踏上一只脚”。二战后，超现实主义的革命狂热和幻想成为历史的遗迹，不过，对现代资本主义文明的质疑，依旧被许多左翼知识分子当作自己责无旁贷的历史责任。罗兰·巴特在50年代陆续发表在报刊上、后来收入他的《神话集》的一批文章，便是当时的知识界对现代资本主义文化展开的一次清算。

必须指出，巴特的批判与当年超现实主义的批判大不相同，这种差异体现了时代的深刻变化。超现实主义的领袖布勒东拒绝任何理论的指导。虽然超现实主义无疑受到了马克思主义与弗洛伊德精神分析学的影响，但是布勒东等人对于这两种学说都一知半解，他们拒绝理论的态度决定了他们对资产阶级文化的反对，多少有点像《三国演义》中张飞在巴郡城下搦战，除了骂还是骂。巴特则不一样了，他有一个武器，就是符号学。按照符号学，一切文本，乃至一切社会现象，都是一定文化结构的代码，因此，破译代码，就能够洞悉相应文化结构的特征。因此，巴特的批判，就不再是咒骂，而是能够不慌不忙地“摆事实，讲道理”，一个代码一个代码地解析。虽然谈的多半是大众文化题目，有的题目，像女明星嘉宝的容貌这样乍看起来俗到家的题目，相信许多学者是不屑一顾的，然而巴特都谈得娓娓动听，而且纳入了严肃的学理之中，学术味道十足。

为什么把这些人们熟悉的日常文化现象称为“神话”呢？巴特在这本书的第二部分即长篇文章《今天的神话》里作了说明。这篇文章讲神话学（其实是符号学）理论，作者不把它放在具体神话分析的前面而放在后面，据说他原本是想写一篇后记，标题是《罗兰·巴特的神话》，带有他一贯的弄不清是自嘲还是嘲笑他人的幽默色彩，后来一不小心写长了，变成一篇理论长文。不过我想，放在后面，其实是因为害怕一上来就谈艰深的理论会吓跑了读者。“神话”二字其实是借用。从符号学的观点看，一个神话有其自身的能指/所指结构，然而由于它具有隐喻或象征意义，因而它又是另一个更大叙事结构的能指，用巴特的话说，神话中的能指，是“语言学系统中的最终名词，或者是神话系统中的第一个名词”。神话的这种符号学特点，在日常的文化现象中也存在。每一个文化现象，就其自身而言，具有本身的能指/所指系统，然而在一个更为广泛的文化叙事中，它又是一个能指，是“第一个名词”。正是从符号学的这个意义上，巴特把他所分析的文化现象称作神话。与此相关，“神话”这个词就多少带有一点“谎言”的含义（尽管可能是美丽的谎言）。巴特用“神话”来称文中涉及的文化现象，显然有揭穿其资产阶级意识形态本质的意思在里面。

除去《今日的神话》，《神话集》的第一部分收入长短不一的文章，这些文章写作于1952年至1956年间。分析的文化代码，从好莱坞电影，到人像摄影，到占星术，到至今仍拥有狂热观众的所谓“摔跤”，范围之广，令人叹服，让人感到似乎社会中角角落落、生活中事无巨细，无一不可拿来做符号学的文化分析。例如所谓的“摔跤”（这里谈论的摔跤，不是我们熟悉的那项体育运动，而是模拟摔跤比赛的一种表演），乍看起来是一种很粗俗的表演，而且隐含有欣赏他人痛苦的卑劣趣味。一般人如不喜欢，无非一言以蔽之曰“无聊”，而巴特则从中看到一点文化的奥秘，就是说，看到了它在资本主义社会整体文化系统中的“意指作用”。他从摔跤的这种表演性质开始分析，比较它与拳击比赛和柔道比赛的不同，然后精辟地指出，这种“摔跤”表演是对动作意义的一种夸大的表现。他说：“我们面对的是一出真正的《人间喜剧》，其中最具社会激情意义的差别（欺骗、自以为是、细致的‘残酷’，以及‘还债’意识）总是适当地找到可以接收它们的最清楚的动作加以表现，并且在赛场里淋漓尽致地成功发挥。”“摔跤”所展现的，是“苦难、失败、正义”等情感与观念被夸大的“景象”。这么多观众对这种表演如痴如醉，证明现代资本主义社会中，观众所需要的，不是激情本身，而是激情的形象。其实，对文化代码的破译，如今在我国已经不陌生，特别是在大众文化研究中已经得到相当广泛的运用，只不过使用者并不一定意识到其符号学的来源罢了。

巴特的破译工作，终极旨归是揭示这些文化现象的资产阶级性质。他想让读者看到，这些看似很“大众”的文化，其实都是几百年来资产阶级文化符号的遗传与变异。在20世纪末的今天，回过头去看巴特的这本书，他所揭破的许多现象依然存在。而他破译现代神话所依据的符号学和结构主义理论，本身似乎也被资本主义文化体系所吸纳与消化。他对资本主义文明的挑战，多少有点像堂吉诃德向风车冲刺，在局外人看来是明知不可为而为之。这样说，似乎有点刻薄，然而细想一下，是不是那么回事？同时我又觉得，和那个显得世故圆滑的桑丘比起来，堂吉诃德可能更可爱一些。

——原载《中国图书商报》1999年8月3日

历史与考古

——谈福柯的《知识考古学》

法国哲学家福柯是20世纪思想界的巨擘，同时，作为一个人，他也极具特点。他那颗彻底“荒凉”、一望即知充满睿智的圆脑袋，挺直的鼻梁上的眼镜，镜片后炯炯有神的双眼，无疑符合标准的学者形象。然而，刀削似棱角分明的面部线条，结实的体魄，大而有力的双手，又令人想到拳击家或者摔跤手。他不像法兰西学院他的众多同事，例如列维-施特劳斯、巴特、阿隆那样透着人们普遍认为“理应如此”的儒雅气，相反却有几分“该出手时就出手”的绿林味道。在生活舞台上，福柯确实是一个敢做敢当、豪爽、无所顾忌，在某些人看来有些难缠的角色。“文如其人”这句老话，如今许多人不以为然，不过我认为，对福柯和他的著作，倒是恰如其分。

读福柯那些震撼西方思想界的著作，感到这些文章只能出自这样一个人之手：才思敏捷，妙论迭出，让你觉得回肠荡气；可是居高临下，不由分说，又多少给你一种自说自话，强加于人的感觉。大概就是因为这个缘故，福柯在老家法国，在那个讲究思维的精密细腻，据统计百分之六十以上的民众有强烈害羞感的国度，不怎么受待见；而在那个粗犷豪放，说话大嗓门，“老子天下第一”的美国却享有盛名。他和德里达、基拉尔等人一样，在美国打响之后，同胞们才对他刮目相看。这弄得有时候叫人真搞不清楚他们的思想上盖的究竟是法兰西文化的印记，还是盎格鲁—撒克逊文化的图章。

福柯一般被认为是哲学家。他从中学时代就是个哲学狂，后来考入著名学府巴黎高等师范学院攻读哲学科，然而他的国家博士论文即那部负有盛名的《古典时期的精神病史》却似乎更接近心理学课题。他到克莱蒙—费朗大学去接受哲学课教职，正式任命却派给他心理学教授，可见教育部的部老爷也觉得他的特长是心理学。他在万森大学是哲学教授，在法兰西学院的头衔却是思想体系史教授。从这个简单的经历就可以看出，福柯并非严格意义上的哲学家，他的研究带有边缘性质，跨越哲学、心理学、思想史诸学科。

三联出版社新近出版了福柯的《知识考古学》。这个书名多少有点古怪。“知识”二字，从翻译的角度说并不很贴切，然而似乎也没有更好的译法。法文的这个词，除却“知识总体”这个含义，还有“知”、“认知”等意义。所以“知识”，在这里其实差不多就是“思想”的意思。至于“考古学”，用在这里乍一看真是不伦不类，建筑考古、服饰考古、钱币考古都好理解，知识是无形的，考古能奈之何？其实，福柯用这个词，是大有深意的。这部书谈的是思想史研究的理论和方法，标明“考古学”，不仅仅在于标新立异，更要紧的是要宣告他的理论和方法与传统思想史有根本区别。

传统历史学，福柯一言蔽之曰“总体历史学”，它研究文化的“总体形式”、某个历史时期纷纭现象的“共同意义”以及制约这些现象的“规律”。他认为，“总体历史学”行将就木，取而代之的应是“一般历史学”。他在《导言》里对一般历史学的任务作了详细说明，简言之，“一般历史学”认为，研究人类思想史，兴奋点应该放在历史的“断裂”上，放在“散落”的历史现象上。福柯因此想到考古学。考古学感兴趣的就是散落的“历史遗迹”。考古学家工作无定所，向不同的地点、不同的地质构造中去寻找、发现、鉴定文物，其意义和乐趣，比强行把纷繁的历史现象纳入某种历史规律要大百倍。所以他认为，在当代，历史学应该向考古学靠拢。

福柯在发表《知识考古学》的前后，研究了诊所在西方的产生，研究了特定历史时期的精神病史，研究了某一阶段的死刑和监狱状况，研究了“性的历史”。这些工作，说到底，都属于“考古学”的内容。福柯的一双大眼，向人类思想文化史中搜寻长期为人们所忽视甚至有意掩盖的“历史遗迹”。这些“遗迹”，福柯说它们是这样一些层面，它们“有时很短暂，彼此相异，与某种唯一的规律相违拗，体现各自特有的历史类型，不可能归纳为正在进取并回顾自身的某种意识的一般范式”（法文版第16页）。不过，要注意，福柯的“文物”不是作为物质存在的衣冠古丘或者沉沙折戟，而是语言，是某个历史时期某个特殊情境中的话语。在写作《知识考古学》之前，福柯已经在《临床医学的诞生》与《词与物》里对话语权力做了详尽的考察，他写《知识考古学》，为的是对思想历史的研究如何进行话语分析在理论层面上进行总结和调整，并加以深化和系统化。所以，要了解福柯的思想，无妨由此书入手。

——原载《中国图书商报》1998年8月14日

永不在场的记忆

记得两年前曾与一位法国哲学家有过简短的对话，话题由德里达著作的翻译引起。我说翻译德里达是件苦差事，他的著作很艰深，很晦涩，很难译。他却说："不，恰恰相反，德里达的书很好译。"我好生奇怪，忙问为什么，他一脸严肃地说："很简单，因为他什么也没说。"我会心地一笑，因为我知道在法国知识界，对德里达有微词的人不在少数。

在大肆炒作"后现代"的热潮中，德里达作为法国解构主义声名显赫的代表，"后现代主义"的巨擘，在中国这块古老的东方土地上很快便声威显赫，名噪一时，大有取代巴特，成为知识界先锋与新锐重要标签之势。不过，如果你不是一个趋时赶热闹的人，而是认真想读几本他的书，以便为心头的崇敬增加几分实在的情感，那你可要当心了，"不知所云"几个字也许会在你读完他任何一部著作的前十页之后悄然爬上你的心头。最近出版的德里达《多义的记忆——为保罗·德曼而作》（中央编译出版社，1999 年 8 月）在德里达的著作中算是好读的，但是如果没有相当的耐心，仍旧会有拼命三郎石秀陷在祝家庄棋盘陀里出不来那般焦躁的感觉。披上了“后现代”光圈的法国理论家们大都有玩弄文字游戏的绝活（这种本领在一定程度上得益于法语具有无穷尽绕弯子的结构优势），其中德里达更可称得上顶尖高手。此君一张口就滔滔不绝，说得云山雾罩，昏天黑地，玄而又玄，弄得你如堕五里雾中，此时此刻，你的感觉，就是上面我说的那位法国哲学家的话：“德里达什么也没说啊！”

然而，平心而言，这样评价德里达显然是一种偏颇之论，有欠公允。为什么呢？解构主义者的著作不少是晦涩的语言流，对此毋庸讳言，然而何以如此，解构主义者们自有他们的道理。而他们的道理，不论你如何评价它，都不得不承认它自成一家之言。他们的道理是基于对语言功能的认识。一般说，在语言的功能问题上，我们多数人习惯于认同工具说，就是说，认为语言是表达思想的工具，并由此进而认为，语言只是一种外壳，在这个外壳下，隐藏着语言要表达的内容即意义，而这个意义，我们往往以为应该只有一个是真实的。而解构主义者，简单一点说，他们大都像德里达在《多义的记忆》中推崇的德曼那样，坚信语言的功能主要是修辞性的，而其意指功能即表达意义的功能是微弱的，或者说，是含糊的。早在19世纪，尼采就提出过与此相近的观点。后来到20世纪初，瑞士语言学家索绪尔提出了能指/所指理论，50至60年代兴起的结构主义语言学接过索绪尔的理论。不过，结构主义还时不时通过分析语言结构（包括作为语言结构放大的文本结构），找出能指后面的所指，探索意义——尽管他们十分强调意义的多元性。而到了解构主义，它对结构主义的“颠覆”（我以为准确地说应该是发展）就在于对真实意义的存在表示近乎否定的怀疑。因此，解构主义者一般不明确地表白自己想说什么（即意义），或者尽量避免明确点题，而是在能指层面一个劲地翻筋斗，语言仿佛真成了一个封闭的、独立的、自主的田地，人们可以在里面自得其乐。

问题是，说话者自得其乐之后，传达给受（听）话者什么信息呢？难道解构主义果真什么也不说，而且也不想说吗？果真如此的话，要么他们什么也不写，要么即使写了，恐怕也早就给扔到垃圾堆里去了。其实按照德里达的基本思想，传达意义是件难事，不仅仅难在说话者在“表达意义”这件事上总是陷于无能的恐慌，更难在说话者必须弄清楚究竟要传达什么意义。意义不存在于客观事物，而存在于人对客观事物的认识。而人的认识，按德里达的看法，在西方是桎梏于柏拉图以来哲学本体论和认识论传统，根本一点，就是逻各斯（logos）主义，即认为一切语言活动基本功能是表达本质的意义。德里达认为，这是不切实际的幻想。这个逻各斯必须推翻。德里达的这个思想，可以说是自尼采以来，经超现实主义，到存在主义，再到结构主义，各种质疑理性主义传统的思潮的延续与发展。

然而德里达却很难摆脱一个悖论：他要推翻逻各斯，然而他又不得不用浸透了逻各斯主义的语言说话。在这样一个尴尬的悖论中保持理论的统一与一贯，这是德里达书写与表达遭遇的最大挑战。为了应对这个挑战，德里达可谓煞费苦心。在这方面，《多义的记忆——为保罗·德曼而作》为我们提供了一个范本。这部著作的主要部分是德里达为纪念好友——美国解构主义核心人物保罗·德曼，在耶鲁大学做的几次讲演。按照惯例，纪念文字应该是回忆纪念对象的事迹，抒发思念之情，总之是一种对往事的回忆。然而德里达并没有这样做。为什么呢？因为德里达赞同德曼关于回忆的观点，认为一个人去世后，他的言谈举止、音容笑貌都已经成为过去，已经不在场，对他的回忆不过是一种语言的记录，而语言究竟能在多大程度上传达出他的真实面貌，即表达出一种真实，是大可怀疑的。回忆实际上永远也不可能在场。比利时哲学家、文学评论家普莱在《人类时间研究》里提出，18世纪的重要发现是回忆现象。针对普莱的见解，德曼认为，最终的发现不是回忆现象，而是即时性概念，也就是当下在场的概念。这个概念说明回忆是“缺失而不是实现”，以为回忆会通过文字的表达变得重要起来乃是“天真的幻想”。我想，正是因为这个原因，德里达给他的这本书起了一个具有双关意味的名字，书名既可以理解为“回忆保罗·德曼”，也可以理解为“论回忆，为保罗·德曼而作”。实际上，我们在德里达的书中的确几乎看不到他对德曼的生活或自己与德曼交往的记录，通篇是从德曼的著作出发阐述自己的（当然在很大程度上也是保罗·德曼的）解构主义思想，而阐述的出发点则是回忆问题。在德里达看来，真正在场的不是对德曼的回忆，而是德曼的著作。

德里达无疑很欣赏德曼的这段话：“在记忆中，在思想中，从广义上讲，在作为书写‘艺术’的思想之感觉表现中‘我们只与符号打交道’，记忆抹去回忆，正如我抹去我自己。”老实说，这种见解令我们很沮丧。《追忆似水年华》的作者普鲁斯特幸亏死得早，倘若活到70年代，听到德里达这句话，肯定会绝望而自杀。不过，细细想来，这些话说得相当深刻。我们通常觉得记忆是复活过去，复活存在过因而已经不在场的事物与事件，并且因此得以实现对于时间的超越。德里达、德曼却偏要毫不留情地撕毁我们的梦，告诉我们记忆不过是一些能指符号，里面到底有多少真实，难以肯定，但是不必抱太多的幻想却是可以断言的。所有这些话，听起来有点费劲，听懂了也觉得不怎么中听，但是对于我们认识作为我们人类文明基础的语言的功能，认识与语言有关的一切现象（包括历史文本与一切回忆录），不啻于一服清醒剂。

德里达消解意义的努力，固然有点惊世骇俗，但只要不推向极端，应该承认其中不缺睿智和启示。其实，他的理论还是比较有弹性的。如果他当真认为语言绝无意义可言，他还写这么多书、做那么多演讲干什么？我们面前这本《多义的记忆——为保罗·德曼而作》也就没有存在的必要了。是不是这样？

——原载《中国图书商报》1999 年 11 月 23 日

摆脱尴尬

——评布迪厄、华康德著《实践与反思——反思社会学导引》

记得五年前，北大外哲所杜小真教授曾邀请一位法国教授到所里做讲座，讲布迪厄。题目很好，可惜听众的反应平平，究其原因，一个是报告人没有单刀直入，切入正题，而是在外围材料上兜了太大的圈子，使人不得要领；二是当时布迪厄的名字对许多人来说还生疏得很，不少听众不知道布迪厄是何方神圣，对讲座缺乏期待热情。搞讲座，题目最好是听众略有耳闻，兴味浓厚却又知之未详的。知道太多，自然就懒得再听人聒噪，全然不知，却也提不起劲头来洗耳恭听。这次关于布迪厄的讲座就应了第二点，在听众期待视野中本应有的名人效应像鞭炮受潮，成了哑炮。

如果那位教授今天再来中国访问，他一定会惊讶地发现，短短几年时间，在中国的知识精英中布迪厄已经有口皆碑，进入知名度最高的西方当代思想家之列。言必称布迪厄，已经和十年前言必称哈马贝斯、巴特，四五年前言必称福柯、利奥塔尔、赛义德一样成为时髦。我这么说，绝没有嘲笑的意思，恰恰相反，这正说明中国知识界对外部世界尤其是西方世界的思想动态保持着强烈的兴趣和执着的关注，这种兴趣和关注究竟对我们自己的思想文化建设有什么利弊，时间将会给以证明。我想强调的是，在一段时间里，我们接触比较多的西方现代思想家，大多热衷于纯理论的构建，有时不免陷入概念游戏与文字游戏中，用布迪厄的话说，它们表现出了一种“自我神化”的倾向。布迪厄与这些思想家不同，他的理论显然更注重事实材料对人的认识的作用，注重现实社会与文化关系的探索，他的一些高度抽象的概念也需要我们费心思揣摩，但是他的理论没有高踞语言自身逻辑建构的云端，而是构筑在现实社会坚实的土地上，他所思考的某些问题也许离我们的生存世界比较远，但我们毕竟能感到他和我们是生活在同一片星空下的。他的著作让我们从那些高妙的令人窒息的语言流中探出头来，呼吸到了新鲜的空气。

一般认为，布迪厄的《学术人》是他的社会学理论的核心著作。不过，对我们中国读者来说，要了解布迪厄的社会学纲领，无妨走一走捷径，捷径就是由布迪厄与美国伯克利大学教授华康德合著的《实践与反思——反思社会学导引》

（李康、李猛译，中央编译出版社，1998年2月）。这部书生成于1988年布迪厄在芝加哥大学华康德教授指导的研讨班上与学生的对话。书编写很有特点。第一部分是华康德对布迪厄理论的评介。他从一个外国研究者的角度，从盎格鲁－撒克逊文化的角度，吸纳并解说生成于欧洲大陆文化的布迪厄的思想，对中国读者是一种简明而有效的引导。第二部分是芝加哥大学研讨班的讨论，实际上与口头发言的记录相去甚远，乃是布迪厄与华康德根据发音记录共同撰写的，通过对话的形式（前年三联书店出版的布迪厄的另一部著作《自由交流》也采用与美国艺术家哈克对话的形式），按照布迪厄思想方法固有的层次，并关照教学的逻辑，逐一引导读者对布迪厄思想的要点进行一种能动的思考。在此基础上，第三部分是布迪厄对自己的理论，特别是这些理论形成过程的阐述。三部分有机地结合，相当圆满地完成了引导读者进入布迪厄理论系统的任务。并非社会学或哲学圈内人，倘若只想一般了解下这位当今西方世界大师级的思想家，那么我斗胆说一句，读一读《实践与反思——反思社会学导引》就够了。

布迪厄在本书中反复强调了一个重要思想，就是社会学家（或者广义地说社会与人文科学研究者）不同于自然科学家。社会学家的研究对象与社会学家的主体意识密切相关，作为研究主体的社会学家，他“本人正是他所要探知的对象——即社会世界——的产物”，他对此必须有清醒的认识，否则我们的所谓研究不过是在“自己茫然无知的情况下记录自身”。这就是说，社会学家要想纯客观地进行研究是不可能的，因为一些“预先建构”的常识性的东西“既体现在社会组织的客观性中，又反映在社会组织参与者身上”。如果一个社会学家对这一点懵懂无知，或者假装不知，那么他“等于甘居一个工具的地位，为其所宣称要进行思考的那种东西服务”。这是一个十分严肃的问题，任何一个社会学家，以至任何一个人文社会学者都必须认真思考。也许，相当多的人文社会学者都意识到了自己的处境，而且意识到这是一个多少有点尴尬的处境，但是，意识归意识，要想真正摆脱这种处境，谈何容易！布迪厄总结自己的研究经验，提出必须对每一个所研究的问题进行彻底的质疑，这种质疑是包括研究者自身在内的。所以，布迪厄认为，社会学不能实证主义地满足于展示材料，而必须“展现这些材料被构建和被分析的种种条件”，对这些材料构建的历史进行反思。唯有这样，研究者才能从“实践理性”的层次进入真正“科学理性”的层次。我以为，在布迪厄的理论体系中，除却像“场域”“惯习”这样一些重要概念范畴，在方法论上的这种思考也值得玩味。我个人觉得，在走出人文社会研究的尴尬处境这个问题上，布迪厄的体验固然不能说给我们指出了一条坦途，但是他毕竟思考了，尝试了，亲自经历了，而我们一书在手，便可以借他山之石，攻己之玉，何乐而不为?

——原载《中国图书商报》1998年9月11日

中国文人笔下的一个“小西洋人”

一

我们的议题是东方文学中的西方人形象，而我的论文则是对一篇极短小的文学作品的分析；以分量这样轻的材料来讨论这样大的题目，很有管窥蠡测之嫌。但是，我觉得，这篇作品篇幅虽短，内中出现的西方小男孩却相当典型地反映了那个时代中国知识分子心目中的西方形象。中国人品评山水画有一句老话，叫做“尺幅千里”，说的是画幅虽小，容纳的景物却很广阔，用以形容这篇小文章正合适。基于这样的想法，不避孤陋，提出下面的报告，深望在座诸位批评指正。

我要谈的这篇作品出自中国著名学者、诗人、散文家朱自清之手，题为《白种人——上帝的骄子》，写作于 1925 年 6 月，发表于同年 7 月 5 日《文学周刊》，署名佩弦，后收入作品集《背影》。

文章讲述的是这么一件事。那年夏天，叙事人“我”在上海度假，一天乘电车，看到一个白人小男孩——“英国人或者美国人”——坐在他对面，旁边有一个白人男子，想必是男孩的父亲。男孩“不过十一二岁光景”，“白中透红的脸颊，眼睛上有着金黄色的长睫毛”。叙事人心里觉得这孩子可爱，眼睛便不断转过去看他。那孩子似乎并不在意。等白人男子站起身准备下车，小孩亦跟着站起，他走到“我”身边时，突然将脸伸到“我”面前，恶狠狠地瞪着“我”。这对叙事人是一个“突然袭击”，使他“木木然”。然后“那个小西洋人竟未一回头，断然地去了”，叙事人“我”留在电车上，心里百感交集。

故事很简单，是生活中的一件小事。白人孩子的行为，固然突兀，却也能够从不同的角度来解释或辩白。不过，我们要做的，不是猜度孩子的行为动机，而是探究孩子的行为在叙事人身上引发的心理反应，分析这种反应深层的思想与文化原因，以图揭示白人男孩这个看似简单的人物所包含的丰富的形象学蕴藉。

这个故事是虚构还是亲历，尚无考证。一般地说，这类文字多属纪实，亲历的可能性很大。归根结底，对于我们的分析，虚构抑或亲历并不很重要，因为无论虚构或亲历，都反映了作者朱自清先生的思想。本文预设这是朱自清先生亲身经历的一件实事，以求表述的方便。

二

文章开始，描写作者上车见到白人孩子，立刻被孩子所吸引：

> 那个小西洋人，那白种的孩子，不过十一二岁光景，看去是个可爱的小孩，引我长久地注意。①

这是作者对白种孩子的初步印象，而且由此生发出一种亲近感：

> 我向来有种癖气：见了有趣的小孩，总想和他亲热，做好同伴；……但若遇着陌生的小孩，我自然不能这样做，那可有些窘了；不过也不要紧，我可用我的眼睛看他——一回，两回，十回，几十回！

于是作者便频频把目光转向这个白人孩子。孩子对这目光如何理解，不在本文讨论范围之内②，就作者而言，他的

① 《朱自清散文精品》，汉语大词典出版社，1999年，49页。以下该文引文均出自此书49—51页。

② 瑞士评论家斯塔罗宾斯基说："目光可以使我们的意识得以超出我们身体所占的位置，严格地说，它构成一种越轨行为。"虽然孔子的"非礼勿视"也包含越轨之意，但是中西方在这个问题上的看法实际上是有差异的。白人孩子后来的行为也许可以从这方面分析，但那超出了本文论述的范围。

目光传达的是友善，是亲热。亲热的缘由，作者说了，是他有一种“癖气”，喜欢“有趣的小孩”。而这白人孩子之所以“有趣”，一是相貌俊秀可爱：“帽檐下端正地露着长圆的小脸。白中透红的面颊，眼睛上有着金黄色的长睫毛”；二是相貌中透露着“和平”与“天真的稚气”。

喜欢相貌秀美的孩子，这是人的自然倾向，是爱美的本能，“人同此心”，暂且不论，先看第二点。作者被白人孩子“和平”与“天真”的神情所打动，这里含有深意，必须辨析。值得注意的是，文章在这里插入了一小段倒叙，追忆少年时代与一个刘姓男孩的友谊。这段文字仅用“乌黑西发”四个字描写男孩外貌，除此而外，无一处不是写其内在的禀赋。文章这样描写这个中国小男孩“刘君”：“幽静”，“真诚”，“真是依人的小鸟”，“静静地微仰着头”，“小声儿回答”。可见作者喜欢“有趣”的孩子，俊美的相貌这个外在的东西倒在其次，更吸引他的，是内在的和平、宁静、温柔的性格。如果说这种情感，在作者少年时代，或许是天性使然，那么当他成年后追忆少年时代这段友谊时，在其意识中，对和平宁静的由衷赞美则无疑已经糅杂进了理性的思考，而不再是一种纯然本能的喜好。这段倒叙说明作者喜欢有趣小孩的“癖气”，实在是因为儿童在他眼里象征着和平、宁静、真诚、单纯。儿童形象反映着作者这个情感主体的一种生活理想——向往和平、和谐与充满赤诚的爱的世界。

正因为如此，作者一见到白人孩子那张“显出和平和秀美”的脸，便油然而生亲近感。他注视白人孩子的目光中凝聚着对和平、宁静、真诚的由衷赞美。

使他万万没有料到的是，在他眼里象征着美与和平的天使般的白人孩子，突然换了一张狰狞的面孔，天使变成了魔鬼。作品是这样描写的：

> 那小西洋人本坐在我对面，走近我时，突然将脸尽力地伸过来了，两只蓝眼睛大大地睁着，那好看的睫毛已经看不见了；两颊的红也褪了不少了。和平，秀美的脸一变而为粗俗，凶恶的脸了！……他已失去了天真的稚气，脸上满布着横秋的老气了！

这一节是作品的核心。着墨不多，分量却极重。它将作品分成两个部分，前一部分描写宁静和温馨，后一部分则转为愤怒和躁动。显然，和谐被打碎了。

作者对这突如其来的“变脸”毫无防备，因此第一个本能的反应是“张皇失措”：

这突然的袭击使我张皇失措；

随之而来的感觉是一种无以名状的压迫感。

我的心空虚了，四面的压迫很严重，使我呼吸不能自由。……我在那小西洋人两颗枪弹似的眼光之下，茫然地觉着有被吞食的危险，于是身子不知不觉地缩小了……

如果说在这种情况下，“张皇失措”在所难免，那么严重的压迫感，乃至“觉着有被吞食的危险”，以至于“身子不知不觉地缩小了”，乍看起来未免小题大做。而且在作者眼里，白人孩子的形象这时完全转变，和平和天真无邪荡然无存，不但显得“横秋的老气”，而且眼光凶狠，像“两颗枪弹”，这样一个形象，与一个十一二岁的少年也很难重合。总之，作品写到这里，似乎有点悖于常理，谬乎常情。

道理何在？

此处，作者的一句话耐人寻味：

我因此宁愿称他为“小西洋人”。

小西洋人几个字放在了引号里，显示这个称谓包含着一种突然而起的警觉与敌意。此前，文中四次出现过这个称谓，从语境看，头三次显然都包含着友善与爱抚。例如，“那个小西洋人，那白种的孩子，……看上去是个可爱的孩子……”，“小西洋人”在这里毋宁说是一种爱称。初次读到“我因此宁愿称他为‘小西洋人’”这句话，我们也许并不能立刻体会作者用引号突出这四个字的用心，待将整个语境连贯起来，我们就能明白，现在再用“小西洋人”这个称谓，感情已经变了，包含着“我”受辱后的愤怒。所谓“西洋人”，在这里显然等同于另一个常见的对西方人的称谓：“洋鬼子”。这从下文可以得到印证。下文中作者说，过去他曾经不赞成中国孩子叫白种人孩子“小洋鬼子”，言外之意，经过这次白人男孩的“突然袭击”，他颇有些自悔，感到称呼“小洋鬼子”也不无道理了。

说不无道理，是因为在作者看来，这个白人孩子的举动突然暴露出他身上已经沾染了多数白种人“以骄傲践踏对付中国人”的恶习。作者对白种人“骄傲践踏”素有的反感和仇恨自然地涌进心头并流于笔端，他突然觉得自己面对的不是一个天真幼稚的白人孩子，而是一个欺压中国人的魔头。诚然，白人孩子凶狠的表情可能扭曲了他那张俊美宁静的面孔，但是这个外在的事实显然不足以解释作者为什么会有这样强烈的反应，深层的理由是，作者内心里感到对方以一种骄矜乃至蛮横的态度“践踏”了他的自尊。

三

然而，作者的愤怒还不止于此。“小西洋人”“突然的袭击”，在作者看来，不是一件小事。这是“洋鬼子”对中国人的侮辱。作者愤然地说：“这是袭击，也是侮辱！大大的侮辱！”而这种情况下，个人蒙受的羞辱，乃是国家蒙受的羞辱的缩影：

> 这一次袭击实是许多次袭击的小影，他的脸上便缩印着一部中国的外交史。

这一点，是作者对白种男孩的无礼举动产生如此强烈心理反应的最深层的原因之一，也是男孩由可爱无邪到凶狠可憎这个形象转变的根本原因之一。“我”从电车里目睹两个白种人扬长而去时，心情沉重地说：

> 我这时有了迫切的国家之感了。

这种对于国势颓败，民族羸弱，因而深受西方列强欺侮的沉痛感慨，在朱自清先生写这篇文章的时代，是爱国的中国人，特别是救国心切的知识分子的普遍心情。“小西洋人”的举动，触动了作者心底里那根痛苦的琴弦，因而虽然只是极其轻微的一拨，发出的却是轰然的震颤。

我做着黄种的中国人，而现在还是白种人的世界，他们的骄傲和践踏当然会来的……

这几句话里包含的痛苦的无奈和无奈的痛苦，是不能就事论事来理解的，必须从作者所属于的社会群体的心态特征来考察。

像朱自清这样的二十世纪二三十年代的中国知识分子，许多人曾留学西方，或到西方进行过考察，对于西方，一般有比较具体、比较全面的认识。他们当中一部分人，由于深恶中国文化的糟粕，而对西方文化由衷赞许。作为这个时代知识分子领袖之一的胡适的一段话很有代表性。胡适在《我们对于西洋近代文明的态度》一文中说，西方文明不但在物质方面远胜东方文明，在精神方面，也远非东方文明可比拟：

这一系的文明建筑在“求人生幸福”的基础之上，确认替人类增进了不少的物质上的享受；然而他也确然很能满足人类的精神上的要求。他在理智方面，用精密的方法，继续不断地寻求真理，探索自然界无穷的秘密。他在宗教道德的方面，推翻了迷信的宗教，建立了合理的信仰；打倒了神权，建立人化的宗教；……尽量用人的新想象力和新智力去推行那充分社会化了的新宗教和新道德，努力谋人类最大多数的最大幸福。

那个时代的许多知识分子都意识到西方对于东方的明显优势，朱自清说“现在还是白种人的世界”，就是承认这种优势。然而，承认西方的优势，感慨自己的劣势，并没有将他们引向自暴自弃、自甘受辱的奴隶性。作者对于“小西洋人”无礼举动的反应，就是证明。他说：

我因了自尊，一面感着空虚，一面却又感着愤怒；于是有了迫切的国家之念。

我们可以再引与朱自清同时代的作家、学者郑振铎的记述为例。郑振铎在20世纪20年代写的《欧行日记》讲述他与一群中国留学生乘船赴法，途中亲见一个越南士兵在三等舱门口受到法国水手的粗暴对待；到达法国马赛港时，海关官员单给中国学生的护照上盖上“宣言到法国后，不靠做工的薪水为生活”的“长形印章”，诸如此类的事使他深感作为东方人的屈辱地位，心里生起强烈的愤慨。这种感情和“我”对“小西洋人”的反应是相同的。像朱自清、郑振铎这样的知识分子，他们一方面对中国的落后有切肤之痛，另一方面又顽强地维护民族的尊严和自己作为一个人的尊严。中华民族屡遭西方列强侵略却始终没有屈服，靠的就是这种精神。

四

作者之所以感到心的空虚，“张皇失措而觉着恐怖者”，固然因为从“小西洋人”的蛮横看到了中国几十年“屈辱的外交史”，却还因为这种蛮横来自“一个十来岁的‘白种的’孩子”！这一层的悲哀与恐怖，也许比民族的悲哀还要沉重得多。

朱自清先生与中国许多知识分子一样，对人类的进步，对世界大同，抱着热烈的憧憬。用文中的话说，他日夜向往着“赤子之心”，“世界之世界”。这种憧憬，究其思想根源，无疑有西方人文主义的影响，但主要还是儒家思想的社会理想（限于篇幅，这一点不能详细讨论）。由于怀着这样的理想，他对儿童寄予很大的希望：

> 我向来总觉得孩子应该是世界的，不应该是一种，一国，一乡，一家的。

“孩子是世界的”对作者而言，有两层含义：第一，儿童象征着“和平”与“天真”，各国皆然，无一例外；第二，世界在儿童这一代应该突破“一种，一国，一乡，一家”的界线。“小西洋人”的行为，使“孩子是世界的”这个理想，瞬间像美丽的肥皂泡似的破灭了：

> 这个十来岁的白种孩子，竟已被撳入人种与国家的两种定型里了。他已懂得凭着人种的优势和国家的强力，伸着脸袭击我了。
>
> ……这到底只是十来岁的孩子呢，却已被传统所埋葬……

看到天真的孩子成了种族歧视偏见的俘虏，循着殖民主义传统蔑视、欺侮弱小民族的人民，作者所感到的悲哀，就不是仅仅为自己，也不仅仅为自己的国家，而是为包括西洋人在内的世界各民族的了，是为“赤子之心”“世界之世界”这个美好理想的破灭所产生的大悲凉和大恐怖。

> 这是你的损失，我的损失，他的损失，世界的损失。

五

“小西洋人”的前后形象的变化既已勾勒清楚，作者的愤慨、凄惶、悲哀既已诉诸笔端，文章似乎已经做到底。然而并不。写到这里，作者笔锋一转，寥寥数笔又写出了“小西洋人”的另一个形象：“从容”，“独断独行”，总之是一个“强者”的形象。“我”说道：

> 他的从容，他的沉默，他的独断独行，他的一去不回头，都是力的表现，都是强者的表现。决不婆婆妈妈的，决不粘粘搭搭的，一针见血，一刀两断，这正是白种人之所以为白种人。

文章在这里的转折是很有意思的。它让我们在做了上面的分析之后，不能不进行更深一层的思考。首先，这个强者的形象说明，像朱自清、郑振铎这样的知识分子，毕竟已经不是19世纪前半叶清王朝初遭西方列强侵扰时那种对西方浑然无知或者知之甚少的士大夫，也已经不是“五四”以前主张变革，但又高唱“中学为体，西学为用”的知识阶层。

他们继承了以康梁为代表的清末激进知识分子的传统，又经历了“五四”打倒孔家店的思想革命的洗礼，他们在与西方社会的实际接触中，并不因为西方的帝国主义和殖民主义政策，便对西方产生盲目的仇视。我们已经看到，他们尽管对西洋人的“骄傲和践踏”感到愤怒，但是他们所悲哀的却是民族的落后和大同世界理想的难以实现。对于西方进步的、积极的东西，他们总是能保持清醒的认识，而不因道德的好恶和感情的亲疏而自蒙双眼。

其次，如果说“可爱与和平”以及凶狠可憎，都是把道德善恶作为判断标准的话，那么这个强者的形象则显然超越了道德层面的判断。而“小西洋人”的形象一旦离开道德与感情的范畴，从一个更本质的层次上与我们自己的民族相对照，就映出了我们民族性格中的弱点：缺乏“一针见血、一刀两断”的勇气和决断力。这个判断是否正确可以讨论，这种对“力”、对“强者”的推崇隐约透露着尼采的影响，这一点也可以作深入的研究，然而这里我们所关注的是“我”面对突如其来的侮辱，在“感着空虚”和“感着愤怒”的同时，竟然能够超越感情的束缚，从一个新的角度来认识这个“小西洋人”的形象，从而发现了他“可敬的地方”。

既然超越了感情和道德范畴，排除了一切利害的考虑，这种对“力”的赞美，就接近于一种审美的态度。

这种审美态度在一些作家和人文学者的身上表现得尤为突出。他们在观察西方社会时，经常不能或不愿审视政治和经济方面，而把自己的注意力集中在文学艺术等具有强烈审美价值的事物上。这从他们的日记、游记一类的作品中看得很清楚。这些作品大多抒发对自然风光、文化遗迹、艺术创造的观感，在这些方面，西方留给他们相当美好的印象。朱自清、郑振铎以及其他众多中国文人都给我们留下了这样一些文字。他们忘情于山水之间，流连于著名的文化遗迹前，徘徊在艺术博物馆里，身心得到极大的满足。似乎只有在这时，他们把民族的历史羞辱，把个人自尊所受的委屈暂时抛到脑后，西方这个“他者”与他们的思想感情处于一种暂时的和谐状态，西方盛气凌人的骄傲面孔暂时隐去，在审美的层次上获得相当程度的认同。从这个认识上我们再去反观朱自清这篇文章开头说到喜好相貌俊美的孩子一节，就可以发现，在我们所说的人的自然倾向，爱美的本能之中，还包含着对西方人这个“他者”所采取的超乎一切利害的审美态度。那频频落到白人少年身上的目光，其实也是一种审美的观照。

这些中国文人在以审美的态度观察西方时，往往能够得到一种精神的满足，然而现实却往往奏出和他们的审美满足很不协调的音符，使他们在精神上构建的美的、和谐的世界像沙滩上的大厦顷刻倒塌。“我”在电车上遭到的这次“袭击”便是这些不协调音符中的一个。所以尽管这是一个很微弱的音符，却有如闪电，击毁了他的幻想，使他感到“张皇失措”，感到“心空虚了”。

文章开始，作者是从容貌上赞美这个白人孩子，他采取了审美的态度，到文章收尾时，他又从另一个角度赞美这个白人孩子的形象，对他身上的“力”的体现表达了强烈的羡慕之情，并且感慨万分地说“这就是白人之所以为白人”，简直是在为“现在还是白种人的世界”下注释了。这种对抽象的“力”的赞美，即抽掉力的动机、力的表现形式、力的作用等因素，单纯把力作为一种品质来赞美，其实还是一种审美的态度。不过，由于宁静与和谐已经被打破，作者转而赞美打破和谐的“力”，所以，虽然审美的态度是一以贯之的，但是审美的对象与审美层次已经发生了很大的变化。作者最后说：“我真是一个矛盾的人。”其实毋宁说，他面对这样一个矛盾的、实际上代表了西方世界形象的白人孩子，他感到了无法为自己的感情正确定位的痛苦。他无法调和对西方骄横的愤怒，因和谐社会、大同世界理想的破灭产生的痛苦，与对作为美与力的体现的西方的向往这样矛盾的感情。“白种人——上帝的骄子”，这句话包含了憎恨，也包含了赞美；包含了无奈，也包含了自责，还隐约透露出对未来的希望。

——世界比较文学研究会年会上的发言，中文原载《中国文学中的西方人形象》（安徽教育出版社，2006 年）

三毛的神话

近日媒体又传出马中欣先生要写关于三毛真相的书，4月22日《北京青年报》发表了该报记者对马先生的独家专访。刚刚冷却的三毛真相问题再次被炒热。1996年，《羊城晚报》连载关于马中欣先生万里追踪三毛真相的采访录，引起轩然大波，当时我只是听说，未读到文章。后来，友人章云说，要著文反驳，我并未很在意，不料数月后，竟见到了他的新书《在西撒哈拉踏寻三毛的足迹》[①]。章云君曾担任《人民日报》常驻北非的记者，历时四年，对三毛《撒哈拉的故事》中记载的物事进行过实地勘察，证明三毛所言并非天方夜谭。一边是马中欣先生的采访录，一边是章云君的书，一边振振有辞，一边言之凿凿，何去何从？从感情上说，我当然愿意相信自己的朋友，但这又不是一个感情问题，而是一个事实问题。事实如何，我辈不可能也冒着被沙暴吞噬的危险跑到撒哈拉去“踏寻”一番，来一个“眼见为实”，所以只能

① 章云．在西撒哈拉踏寻三毛的足迹．中国友谊出版公司，1996年．

无言。

既然不能在事实层面上发表什么意见，那就想谈谈其他层面上的事。马中欣先生是旅行家兼摄影家。旅行家所依赖的，除去两只脚和脚的延伸如飞机、汽车、骆驼、马之类，最重要的是包括眼与耳在内的感官，他看、听、闻、嗅、触摸，总之他重视感觉经验的真实，或者更确切地说，他个人感觉经验的真实。如果没有“会当凌绝顶”的气概，没有“咬定不放松”的执着，没有凡事都要一睹为快的兴致，满足于“神游太虚境”，那就成不了旅行家。然而作家不同。作家也是旅行者，但是他漫游的不是现实世界，而是精神世界，归根结底是一种虚幻的世界。这个虚幻的世界，因作家的思想、经历、个性互有差异的缘故，与现实世界的联系或十分紧密，或相当遥远，但是不论紧密或遥远，“假作真时真亦假”，作家所依赖的，除去手中的笔和笔的延伸如录音机、电脑之类，一个很重要的东西是他的想象力。这么说，绝没有否认生活源泉的意思，但是生活人人都有，却不是人人都当得了作家，其中一个原因就是，不是人人都有足够丰富的想象力。三毛作品之所以曾经（我说曾经，是因为现在似乎事过境迁了）令青少年们倾倒，大概不会是因为这些作品教会了他们许多关于撒哈拉或者南美的知识，而是因为那些委婉动听的故事，那些瑰丽奇特的风光描写，以及透过这些依稀传出的一个人对命运的叹息。如果其中许多是来自作者的想象，那人们实在应该赞扬作者的才情。

可是，事情又好像不那么简单。不简单的缘故是，三毛偏偏喜欢以旅行家的面目出现。这就无异于向公众宣布，我写的都是亲身经历，亲眼所见，亲耳所闻。这一来，就有点麻烦了。别人一旦发现哪个地方有点不对劲，就有理由考察一下你讲的到底有几分可信。这样，本来是美不美的问题，弄成了真不真的问题。于是就有了马中欣先生1995年的北非之行，于是又有了章云先生的撒哈拉踏寻，于是又有了《北京青年报》的专访。我觉得，这事说复杂，很复杂，说简单，也很简单。就看我们如何看待三毛的旅行家身份了。我觉得，何必把她的旅行家身份如此当真呢？旅行家的三毛难道不会是作家三毛为自己编造的神话么？历史上，这样的神话并非没有先例。作家、艺术家出于某种考虑，或者出于某种难言之隐，或者其他什么原因（比如今天很盛行的“炒作”），有意无意地制造假象，让自己成为某种神话的主角。帕格尼尼故意把一段学琴的经历搞得神秘兮兮的，马尔罗暗示他参与过中国的第一次国内革命，这一类神话在一定时间里可能给大家惹出麻烦，让历史学家们费劲考证；可是“神话”被揭穿之后，他们的艺术成就却也没有受多大影响。优秀艺术家都是想象力极端丰富的人，有时难免会分不清现实世界和自己虚构的世界，将虚构的当真了，我们又何必非得跟他们较这个劲呢?

旅行家的三毛究竟是神话，还是事实，还是几分神话、几分真实，弄清楚这个问题，当然不是毫无意义，因为它有益于我们全面了解三毛这个人，解读她的作品。讲求理性和实证的人无妨继续考证。同时，喜欢三毛作品的人，也无须因为神话被证实为真实而欢欣鼓舞，也无须因为神话的破灭而怅然若失。旅行家的三毛，神话也罢，非神话也罢，那是另外一本书，喜欢三毛作品的人，可读，也可不读。

1998 年

理性批判的魅力

外国文学中，最早介绍进来（已经是19世纪末的事了），也是国人最熟悉的，大概应数英法两家。所以法国文学的魅力，早为国人所知。然而由于历史、社会和文化的原因，不少国人（当然不是全部，却也不是少数）一谈到法国文学、法国艺术乃至整个法国，“浪漫”二字便脱口而出，而这两个字所提示的景象无非是情人苦恋海誓山盟、青楼红灯花前月下、风高月黑古堡探幽之类。法国文学的魅力，法国艺术的魅力，一句话，法国的魅力，似全在“浪漫”二字。真可谓，怎一个“浪漫”了得。

或曰：难道不对吗？《巴黎圣母院》里，吉卜赛姑娘爱斯梅拉达与近卫队长弗比斯的爱情，钟楼怪人卡西莫多对爱斯梅拉达的单恋难道不浪漫？光怪陆离的乞丐王国难道不浪漫？再比如，《包法利夫人》的女主人公爱玛的两次恋情难道不浪漫？《茶花女》中男女主人公的生离死别难道不浪漫？等等，等等。这些例子都对，但是问题不在这里。法国文学中确实有不少浪漫情调或者浪漫主义情调浓厚的作品，问题是，不能一叶障目，不见树林，不应该忽略法国文学的另一面，而且是更重要的方面，更本质的方面，那就是理性主义方面。如果讲魅力，法国文学的魅力主要在于它理性的光辉，或者更准确地说，它的理性批判的光辉。

就欧洲范围而言，以为法国文学比其他文学更具浪漫色彩，这实在是天大的误会。由文学到人，说法兰西民族的特点是浪漫，这也是天大的误解。尽管介绍进来的法国文学作品，说汗牛充栋也不过分，尽管国人与法国人打交道越来越频繁，但是仍旧有人抱着历史的误解不放。十几年前，北京大学出版社出版过一本书，作者是人民文学出版社资深编审、法国文学研究家艾珉，书名是《法国文学的理性批判精神》。这个书名很有深意，可惜在一般读者中没有引起足够的注意。这也难怪，因为读者对专业的研究论文集一般不感兴趣。北京一家出版社与南方某图书公司联合出版面向普通读者的“外国文学名著丛书”，笔者愿借此机会谈谈法国文学的理性批判精神，为法国文学“正名”，这或许不无裨益。

我们在上面说了，法国文学历史上确实产生了不少浪漫主义作品或者具有浪漫色彩的作品。不过，哪个民族的文学没有产生过这样的作品呢？我国文学史上也出现过“关关雎鸠，在河之洲”这样的浪漫诗句，《楚辞》《九章》这样瑰丽璀璨的浪漫主义诗篇，李白这样狂放的“诗仙”，《牡丹亭》这样美丽动人的浪漫主义剧作，但是没有人说我们中国文学的基本特征是“浪漫”，更没有人说我们中国人“浪漫”。其实，历史地看，总体上看，浪漫以及浪漫主义对法国文学与文化，对法兰西民族，是外在的东西，好比锦衣珠宝之类的妆饰，理性批判精神才是法国文学与文化骨子里的东西，是法国国民性里本质的东西，是灵魂。

读者们对法国浪漫主义文学应该是比较熟悉的，浪漫主义领袖雨果的大名更是尽人皆知。浪漫主义是欧洲历史上一次意义重大的文化革新运动，曾经风靡欧洲主要国家。法国浪漫主义运动兴起比较晚，落后于英国和德国。18 世纪末，浪漫主义在英、德两国蔚然成风，法国思想界和文化界改革之士注意到这个现象，有出身名门的斯塔尔男爵夫人写书大声疾呼向英德看齐。她把英德文学称为北方文学，把以法国为代表的拉丁语区的文学称为南方文学，认为南方文学裹足不前，落后于时代，应该学习北方文学，搞浪漫主义革命。为什么浪漫主义在法国兴起得晚呢？这个问题我们下面谈，这里先说浪漫主义文学。虽然从 19 世纪 20 年代开始，浪漫主义在法国渐成气候，出现了雨果、拉马丁、维尼、缪塞、大仲马、乔治·桑、欧仁·苏等一大批优秀作家，还有德拉克鲁瓦、昂热这样优秀的艺术家，但是仔细探究可以发现，浪漫主义文学虽然在巴黎闹得动静很大，年轻的浪漫主义者为了支持他们的领袖雨果的剧本《艾那尼》在法兰西剧院演出，不惜在剧院里和保守主义者大打出手，在文学史上留下了“《艾那尼》战役”这个有趣的篇章，但是浪漫主义文学的创作实践仍然清晰地印着理性主义的痕迹。这一点，在与德国浪漫主义的比较中看得尤其清楚。在许多国人的头脑里，德意志民族是顶理性的民族，因为德国文化孕育了康德、黑格尔、海德格尔、哈贝马斯等伟大的思想家，“德国人理性，法国人浪漫”成为不少人的思维定势，可是在德国浪漫主义小说和诗歌里，怪异的场景，似真似幻、亦真亦幻的梦境，阴森的、令人毛骨悚然的描写，总之，那些货真价实的浪漫主义因素、反理性的因素，都叫法国浪漫主义望尘莫及。所以那个时期，法国浪漫主义运动里有人对德国文学尤其崇拜，除了斯塔尔夫人，诗人奈瓦尔也深受德国浪漫主义文学的影响。较之德国浪漫主义文学，法国浪漫主义文学要理性得多。法国浪漫主义滥觞于诗歌，诗人拉马丁的一本薄薄的诗集《诗的沉思》把法国浪漫主义文学推上了历史舞台。浪漫主义诗歌大胆表现个人的情感，给法国诗坛带来了新鲜空气，给读者带来新的感动。但是，浪漫主义诗歌（无论是雨果的，还是维尼的、拉马丁的）不但在形式上仍然基本遵循古典主义规则，例如整齐的诗节、中规中矩的韵脚、有板有眼的亚历山大诗体等等，而且在表现上仍然循着清晰、规整、合乎理性原则这个轨道前进。另一方面，我们还应该看到，大量的浪漫主义作品并不像一般读者想象的那样沉浸在风花雪月、湖光山色、轻歌曼舞之中，而是对社会问题、人类命运问题做出了深刻的，有时甚至显得很沉重的思考。在这方面，法国浪漫主义文学继承的是18世纪启蒙思想的理性批判传统。

现在回到为什么法国浪漫主义文学起步比较晚的问题。这个问题很复杂，涉及社会、政治、文化许多方面。如果单说文化方面，理性主义在法国文化中的统治地位则是首要原因。法国文化的个性，形成于17世纪。17世纪上半叶，随着政治上绝对王权的建立，法国文学（包括绘画这样重要的文化领域）开始了一场清理门户的斗争，16世纪末到17世纪初曾经有很大影响的巴洛克文学逐渐被排挤到边缘地位，甚至被视为异端。巴洛克文学善于表现动态，表现不稳定、不确定的世界，表现人的复杂情感。它和后来的浪漫主义有相通的地方，带有后来人们所说的“浪漫”的美学特征。这就决定了它不见容于逐渐占据主流地位、以推崇理性为基本原则的古典主义文学。由于有王权撑腰，又得到以笛卡儿为代表的理性哲学的理论支持，古典主义表现出越来越强烈的排他性。在古典主义文学（以戏剧为主要形式）中，创作与欣赏的理性原则具体化为遵循上层贵族社会的生活方式和认知方式，遵循他们的欣赏习惯和道德规范，尊重以“三一律”为主的各种规则和潜规则，强调任何作品都必须表达明晰的思想。在这里，情感、想象、个性都不能越出理性的雷池一步。可以说，这是最缺少浪漫情调的文学，而法兰西文化的特质，在很大程度上可以说法兰西民族的特性，恰恰是这个时期，在造就最缺少浪漫情调的古典主义文学的社会与文化氛围中形成的。

以推崇理性为特征的古典主义审美趣味不但在17世纪占据统治地位，在18世纪仍然得到法国社会的广泛认同。其间虽然有像狄德罗这样的思想家发出不同的声音，但是由于古典主义的理性原则已经深入人心，而且启蒙思想（包括狄德罗的思想）实际上也是在法国理性主义基础上发展起来的，在文化的深层次上，它与古典主义审美观非但不相悖，而且有着一脉相承的继承关系。所以狄德罗对古典主义个别原则的怀疑（例如悲剧与喜剧的分界，甚至包括对情感的某种呼唤——主要表现在绘画上）并不足以动摇古典主义的根基。长达两个多世纪的理性文化氛围造就了法兰西喜爱思考、善于思考、讲究思维的缜密与清晰、强调理智对感情的控制、重视道德建设、提倡道德规范的民族性格。

浪漫主义作为一种艺术理想、创作原则、审美标准，当然与平时人们常说的“浪漫”并不是一回事，但是二者之间又有着紧密的联系。汉语中“浪漫”一词译自英语的 romantic，早期汉语中直接音译为“罗曼蒂克”。法语 romantique 也是从英语借来的。18 世纪这个词引入法语之后，最初的含义是对事物的过分美化或者理想化，以后用在一些绘画评论中，形容画中的风景旖旎宜人。后来浪漫主义兴起，这个词便与诗意、想象、爱情联系起来。传入中国之后，也主要是在这几个意义上使用。细想起来，我们说法国人浪漫，说法国文化浪漫，大概无非是下面的意思。说法国人生活浪漫，一是说法国人生活不拘小节，潇洒；二是说法国人惯于风月场的生活。说法国文化浪漫，是说法国文学和艺术作品充满奇思异想，而且经常以爱情为题。众口铄金，无可怀疑。

其实，法国人并非是不拘小节的民族（要说不拘小节，国人大概名列前茅，却从未听什么人说国人浪漫），我们所说的浪漫，实乃是法国人对生活品位的追求，用法国人习惯的词说，就是goût，通常译为“趣味”。而法国人的生活趣味，艺术趣味，主要并不生成于浪漫主义文学艺术盛行的时期，而是生成于17世纪古典主义时期。他们的“趣味”与其说是浪漫的，毋宁说是贵族化的。

至于说到法国的风月场，它肯定不比其他欧洲国家更“发达”，赞扬男女爱情的文学艺术作品也绝不比其他欧洲国家更多、更美。这一点无须多说，世界上哪一个民族的文学没有数不胜数的美丽的爱情故事？还是说说法国的文学艺术作品是不是以长于幻想而著称的问题。关于这个问题，刚才我们已经说到，法国浪漫主义文学不但在时间上滞后，而且在反古典主义方面不如英德两国彻底。现在我们再看看，后来的法国文学是怎样一种状况。

20世纪前期，欧洲文学中出现了意识流小说。说起意识流小说，有几个名字经常被提及：弗吉尼亚·伍尔夫、詹姆斯·乔伊斯、马塞尔·普鲁斯特。这几位作家既然经常放在一块儿，便不免叫人觉得他们的创作方法和创作风格比较接近——都是意识流小说家嘛。实际上，这最后一位，普鲁斯特，他的小说《追忆似水年华》，同伍尔夫的意识流小说很不一样，同乔伊斯的意识流小说也很不一样。区别在于，《追忆似水年华》并不像伍尔夫的作品例如《到灯塔去》那样模仿意识杂乱的流动，也不像乔伊斯的作品例如《尤利西斯》那样用费解的语言表现潜意识与理性的巨大反差。普鲁斯特的小说被列入意识流，道理与其说是它表现意识流，毋宁说它研究意识流。这部小说自始至终存在一个清醒的意识，一个理性的主体，它无时无刻不在关照着所有人物，包括几乎就是作者化身的主人公马赛尔在内，关照他们的内心活动、潜意识活动，并试图给以解释。普鲁斯特对潜意识的描写非常精彩，显现出他在这方面的独到见解，但是他的描写是很理性的，他不像伍尔夫或者乔伊斯那样试图深入到人物的潜意识里面去，而是用望远镜和显微镜同时进行观察研究，而这个望远镜和显微镜，就是人的理性，包括人的认识历史的积累和升华到理性层面的理论。

20世纪，法国文学（扩大说法国文化）第一次对理性主义传统义无反顾叛逆的是超现实主义运动。不过，超现实主义运动和“浪漫”（不论是狭义的浪漫的审美趣味，还是一般人概念中的广义的浪漫）风马牛不相及。超现实主义运动虽然有许多匪夷所思的东西，许多东西表面上看起来是巧智，是随心所欲，是年轻人的异想天开，总之，似乎很有点浪漫，其实表面的轻松并不能掩盖内里的沉重，沉重源自对数百年资产阶级文化的反思、批判和颠覆的决心。这种批判虽然经常采取非理性的方式，但其本身却是很理性的，甚至可以说是很传统的。说它传统，因为它所高扬的批判精神，实际上正是法兰西文化中的理性批判精神。17 世纪，笛卡儿创立了理性主义，主张怀疑，主张理性的思考，这种精神在 18 世纪又得到哲学家伏尔泰、狄德罗、卢梭等人的继承和发展，随着历史的发展，逐渐深入到了法兰西民族的心中。所以，到了 20 世纪，从超现实主义开始，西方社会多次带有深刻批判精神的文化和文学运动都从法国这片土地上发源，这绝不是偶然的。举例说，对人类命运的荒诞性进行思考的存在主义文学，试图对小说这个重要的文学类型进行脱胎换骨改造的“新小说”，以喜剧外壳表现人类悲剧处境的“荒诞剧”，尝试在社会、文化、文学、心理等方面提出内在结构公式的结构主义，反对西方两千多年的“逻各斯”传统的“解构主义”等等，这些具有深刻批判精神，在西方社会产生深远影响，成为 20 世纪西方世界社会文化变革重要标志的理论、学说和文化实践，全都产生于法兰西这片土地上。这难道还不足以说明，厚重的理性批判精神才是法兰西文化，从而也是法兰西民族的精髓吗？除非我们把浪漫理解成不断思索，敢于批判，不断进取，探索创新，否则很难想象这些像花岗岩纪念碑一样竖立在历史纪念馆中的理论、学说和文化实践活动，会是一个“浪漫”的民族创造的。

法兰西的批判与创新精神，是和这个民族持之以恒的人文关怀联系在一起的。法国人是会生活的，甚至可以说，他们是会享受的。国人看到既繁华又静谧的香榭丽舍大街，感叹道：“好浪漫的街道。”看到巴黎人坐在咖啡馆的户外座位上，悠闲地品尝散发出浓郁香气的咖啡，感叹道：“好浪漫的巴黎人。”看到蓬皮杜文化中心前面的广场上，年轻人自发地献艺，许多人津津有味地观看，还不时很给情绪地鼓掌叫好，便感叹道：“好浪漫的文化。”其实，国人所感叹的东西中，有许多并非为法兰西文化所独有，而是整个古老欧洲文化的部分表征，更重要的是，法国人是会生活的，同时也是会思考的。如果说他们的生活是轻松的（因而使国人觉得是浪漫的），他们的思考往往是沉重的，因为他们的思考往往超越一己的范围，也往往超越一个民族的范围，而和整个人类相联系。从拉伯雷、蒙田到伏尔泰、狄德罗，再到雨果、巴尔扎克、左拉，再到罗曼·罗兰、圣埃克絮佩里、萨特、加缪、马尔罗、尤奈斯库（暂且打住，因为这是一个几乎难以穷尽的名单），这些伟大文学家对人类的爱，对人类永恒的关怀，对人类未来命运的永恒的忧虑，形成了法兰西文学中最令人震撼的东西。有人会说，那是少数伟人，我们说的是大多数普通人。不对，少数伟人是大多数普通人创造的。很难想象，一个沉醉于轻松浪漫的生活，沉醉于物质享受，沉醉于个人的爱情与一己的私利的民族，能够产生如此多伟大的人文主义者，如群星灿烂，永远闪耀在人类历史的天空。

我们知道，国人在说法国人浪漫时，多半没有贬低法国文化价值的意思，恰恰相反，多数人觉得“浪漫的”法国人很可爱。不过我们要强调的是，觉得浪漫得可爱也罢，浪漫得轻浮也罢，将“浪漫”作为一种认识的标签贴在法国文化和法国人身上，对一向以理性和人文关怀为骄傲的法国人来说，多少有点圆凿方枘，不大对得上号。如果读者心里原来有这样一个标签，希望他在阅读法国文学作品时，能够扔掉这个标签，这样也许可以更好地理解作品的内涵。

（本文是2003年为某出版社外国文学译丛法国文学部分写的序，后因种种原因，出版计划搁浅，这篇序也就自然被编辑束之高阁了。）

译事编

“信”与文体

——兼评《郭宏安译文集》

郭宏安先生的译文集最近由广西师范大学出版社出版，引起翻译界的关注。译文集收录了郭宏安先生的部分译作，既有古典名著，如司汤达的《红与黑》和夏多勃里昂的《墓中回忆录》，也有20世纪优秀作品，如龚古尔奖获得者居尔蒂斯的《夜森林》；既有小说，也有散文、诗歌、戏剧，如30位作家的随笔集《海之美》、波德莱尔的《恶之花》、大剧作家阿努依的名剧《安提戈涅》和儒勒·罗曼的名剧《克诺克》。翻阅这套译文集，有如漫步在法国文学殿堂的一角，虽不见全貌，但是美的享受已经让人心醉神迷，并由此可以想象整个殿堂的宏丽。作为一部选集，自然必须有所割舍，译者还有一些重要译品未收入，这在情理之中，但是译者的重要理论译著如《波德莱尔美学论文集》《批评意识》等，均未予收入，虽然说无论在译者方面还是出版社方面，肯定都有其理由，然而对从事翻译和外国文学研究的人来说，却是个遗憾。

目前我国的翻译队伍已经成为一个大军团，每进书肆，总见新出版的译著林林总总，令人目不暇接。译者们用力之勤，可见一斑。如此庞大的队伍，译者的素质自然良莠各异，译品质量自然也参差不齐，这些本来是不待言说的。有不少人对劣质译品愤慨不已，愤慨之余，便不免有过激之言，以为译风日下，今不如昔，动辄怀念某个所谓的“黄金时代”。其实，君不见三百六十行，行行有伪劣，行行有三F（浮躁、浮浅、浮夸）风，岂是翻译界所独有？说这些话，并非为译界的歪风开脱，亦非为劣质译品辩护，只是想说，大江滚滚，不免鱼龙混杂，泥沙俱下，何况在以钱为通货的商品大潮之中？既然如此，我们的目光，便万不要被道德愤怒弄模糊了。以翻译而言，平心而论，精品并不在少数，窃以为斥责劣品固然有必要，然则多留意于精品，欣赏之，把玩之，评点之，自己乐融融，还有利于提高大家的情致与欣赏力，岂不更有意义？

毫无疑问，精品不会出自三F之手，而只能出自那些沉得住气，静得下心，潜心“爬格子”（或者敲键盘），不急于求成，对原文作者、对读者、对自己都负责，把翻译作为事业认真来做的人。倘若都市喧嚣声，声声入耳，市场忧烦事，事事关心，恐怕就难以有作为了。法国诗人戈蒂耶的两句诗，“任风雨抽打我的窗户，我写我的《珐琅与雕玉》”，曾被当作唯美主义的口号加以评判，不过，这种心无旁骛的精神，却也自有其可贵之处。我与郭宏安先生接触，感觉到他正是一个心里有定力的人，作为外国文学研究和翻译工作者，应该怎么做，他有一定之规，绝不随波逐流，也从不心猿意马，踏踏实实去做，点点滴滴积累，而且“始知驾鹤乘云外，别有逍遥地上仙”，既有神游文学宝境的享受，又有脚踏实地的快乐。这是一种心态。他多年来在翻译这块土地上辛勤耕耘，译作丰富而且质量上乘，其成就很大程度上得益于这种心态。

一部译品，质量优劣，取决于多方面的因素，其中对原著文体的把握与转达是一个重要环节。常说翻译要做到信，这似乎是基本要求，然而深谙翻译甘苦的人都知道，真正做到信，实在并不容易啊。信，首先是语义的正确传递，把原文语言的意义信息准确地在译文语言中表达出来，就是所谓形似吧！然而信是否也可以理解得更宽泛些呢，比如说作品文体的正确传递，也可以说是一种信吧？阅读文学作品，诗歌姑且不谈，就是叙事作品如小说，我们之所以得到美感享受，也绝不仅仅因为故事吸引人，人物有魅力，结构有特点等等，语言本身，例如文体风格，显然也起着大作用。同一个作品拿过来，与对作者知之甚少乃至一无所知就开译的译者讨论文体犹如对牛弹琴，但是对一个负责任的译者来说，文体问题是他不能不郑重对待的。也就是说，他不会满足于形似，还有更高层次的追求——神似，而文体的转达，虽然不是神似的全部，但是与神似密切相关大概是没有疑问的。

郭宏安先生是个讲究文体的人，他自己写作就是如此，无论是写评论还是写散文，他都有自己的风格。在翻译上，他在文体层面下的功夫也是显而易见的。比较一下《红与黑》和《墓中回忆录》这两个译文，对于这一点可以获得深刻印象。《红与黑》的作者司汤达和《墓中回忆录》的作者夏多勃里昂都是文体特点突出的法国作家。夏多勃里昂是法国浪漫主义先驱，他的作品文字恣肆，色彩浓重，感情充溢，有时甚至不免有滥情之嫌。司汤达虽然也曾是浪漫主义运动的猛将，但是他对文学有独到的理解，他的《红与黑》，人物如于连、玛蒂尔德，都带有浪漫主义的痕迹，但是他在语言风格上却与浪漫主义有很大距离。他的语言简约收敛，不铺陈，少夸饰，常常是点到为止，显得比较含蓄。郭宏安先生的译本，把这两个作家的文体风格都反映了出来，让中国读者通过译本，感觉到他们的语言特点，这是很令人钦佩的。试想，如果用单一的文体去翻译这样两部文体风格迥异的作品，虽然每句话在意义传递上都没有问题，但能说是信么？大画家顾恺之谈人物描绘时说：“手挥五弦易，目送归鸿难。”“目送归鸿难”是因为“情发于目”，难以表现。用这两句话来看翻译，可不可以说，传递原文文本包含的一般语义信息，好比表现“手挥五弦”，而传递原文的文体风格，好比表现“目送归鸿”，里面包含着更深层次的“情”，传达到译文语言中来，难度很大。但是知难而退，索性不传达，不论作者是张三李四，以不变应万变，千篇一律是译者自己的“言语”，方便则方便矣，可是翻译过程中丧失的东西岂不太多？

文体的传达，牵涉到翻译理论中的一些基本问题，我对翻译理论素无研究，不敢妄谈。不过，我直觉地感到，虽然在两种语言之间，文体的比照很复杂，文体的传达更不可能绝对到位，既会有遗失，也会有变异，何况还必须照顾当下读者的阅读与欣赏习惯，但是，对文体的总体把握，或者再退一步说，对文体较为粗线条的定位，比如语言是雅还是俗，是直还是曲，是华丽还是质朴，是铺张还是简约，是浓密还是疏淡，等等，这种区别在各种语言中都是存在的，也是可以通过译文传达出来的。在这方面，理论的研究与讨论固然不可少，实践却更为重要，而郭宏安先生的译文集就给我们提供了一个范例。

——原载《中华读书报》2003年3月26日

达雅难，信亦难

译事难。自从有了翻译，读者对译作的要求就不大宽容。译者自己也“精益求精”，不管是严复老先生的“信、达、雅”，还是傅雷先生的“形似神似”，或是钱锺书先生的“化境说”，都把翻译当作一门艺术看待，评判优劣高低的标准自然定得很高，于是乎译者们掂起笔来便如临深渊，如履薄冰。

人们一般以为，倘若把“信、达、雅”作为翻译的三个层次，“信”便是基本要求和最低标准，做到“信”只能算入门，离登堂入室还远。译作达到“达、雅”者方为上品，其译者也方可称为译家。其实，“达、雅”的境界固然“高远”，需要刻苦修炼方可进入，“信”又何尝可以随便做到？仅仅为了“信”，就够叫人伤脑筋的，对笔者这样学而未精的人来说更是如此。

何为信？对这个问题的回答，可谓言人人殊。何者？因为倘若细究起来，“信”实在有不同层次的内涵。有文字层面的“信”，也有审美层面的“信”，即钱锺书先生所谓的“得原作风味”。傅雷先生主张“神似”，钱先生主张“化”，我体会那意思都是不赞成把“信、达、雅”截然分开，要从高层面上理解“信”。不过我这里讲的，还是基本层面的“信”，也就是一国语言所包含的信息在另一国语言中得到充分并准确传达这个意义上的“信”。乍看起来，外文译汉语，只要外语过关，理解准确，这个目标并不难达到，其实不然。人类的语言承载着世界各民族的历史、文化、思想、情感，其内涵之深和变异之广往往超出我们的想象，纵有千本词典也无法穷尽。一个词，一个词组，一个句子，这些简单的符号有如水滴，折射出千变万化的世界，各种信息——时代的，社会的，群体的，环境的，个人的，长久的，瞬间的，真实的，虚幻的，外界的，内心的——都汇集其中，要把这一切都准确无误地把握住并且用另一种语言表达出来，谈何容易！

傅雷先生是翻译界公认的大师，他的译作部部是精品，尤其是他翻译的巴尔扎克小说，其质量即使不说无人企及，也足以傲视天下。但是倘若吹毛求疵，可以发现傅译本也难免有不完全“信”的地方。比如《高老头》（这毫无疑问是一部经典译作）开始不久有一段描写逃犯伏脱冷，傅译本是这样的：“在两个青年和其余的房客之间，那四十上下、鬓角染色的伏脱冷，正好是个中间人物。人家看到他那种人都会喊一声好家伙！”其中“人家”一词，原文是peuple。这个法语词与英语people相对应，语义丰富而多变，在不同的语境中往往有不同的含义。傅译本将peuple译作“人家”，文气贯通，读起来很舒服，从语义上说似乎也不错。然而笔者曾读到法国学者写的一篇文章，对这一段文字进行了分析，指出伏脱冷这个关键人物一出场，作者（或者更准确地说是故事叙述者）就引用了peuple对他的评价，peuple指“大街上的人”，他们以一种“赞美的、亲切的目光”注视伏脱冷，因为伏脱冷自己就属于peuple，而叙事人则显然不把自己放在peuple之列。所以peuple在这里当指下层人民，译作“人家”，词义过于宽泛，似乎不够准确，按通常译法译作“老百姓”反倒更接近原文些。笔者举这个例子，绝不是想挑剔傅雷先生的译文，仅仅是想说明，语言这个万花筒太神秘了，像傅先生这样的大师都有照顾不周的地方，遑论才学浅薄如我辈者。

“信”之难以做到，还有一种情况，就是出发语与目的语这两种语言之间距离太大，译者不得不放弃某些信息的转达。换句话说，明知不“信”，却也只有叹息“无可奈何花落去”的份儿。例如，司汤达的《巴马修道院》第七章有这么一段话，巴马亲王第一次见到主人公法布里斯，想引诱他讲出一些自由主义思想，但是法布里斯早有防备，“因为危险而抖擞起精神，应答如流，头头是道”。原文 Le jeune homme... eut le bonheur de trouver des reponses admirables 里，动词（avoir）用简单过去时（eut），表示情节的进展。然而下文“‘宣称自己爱戴国王，这有不敬的嫌疑，’他说，‘应该有的态度是盲目的服从。’”，原文是：C’est Presque de l’insolence que d’afficher de l’amour pour son roi, disait-il, c’est de l’obeissance aveugle qu’on lui doit。其中“说”这个动词却用了未完成过去时。在叙事中，这种时态一般用来描述状态、背景，或者表示动作的重复。按照常理，这两句话主句中的动词应该用相同的时态才对，为什么使用了不同的时态呢？笔者译此书译到这里时，心里曾犯嘀咕，然而最终却也未多想。后来闲来翻书，偶然发现解说，原来“说”这个词用未完成过去时在这里是很有讲究的，这个表示重复的时态说明法布里斯在这次会见中始终以这样的口气和态度说话。这层含义很重要，一方面表现法布里斯开始成熟，已经能够控制自己的感情，另一方面又说明他毕竟年轻，不明白他的这种不卑不亢、若即若离的态度反而更使亲王心生疑虑。这么重要的意思在译文中不表达出来，显然不能算“信”，可是如何表达呢？一般地说，时态的变化在汉语里或者从上下文看出，或者添加一些限定成分，但是在这里，添加任何限定语似乎都无济于事。搜肠刮肚，苦思冥想，毫无结果，最后还是只能径直地、简单地译作“说”。虽然明知道不“信”，却也想不出更“信”的表达法。

当然，经常有这样的情况，译者甲以为无法逾越的障碍，译者乙却可以轻车熟路，如履平地，要不就妙手偶得，令人击节赞叹。实际上译者的功底往往就从这里看出。所以像笔者这样功夫差的人，吃的苦头就多。不过有时那障碍真如崇山峻岭，“噫吁嚱，危乎高哉”，纵有天大的本事，也休想开出平坦的通途，那就只好绕道而行，这一绕不打紧，“信”就必然打折扣，原文中所包含的信息就必然要丢失一些。鲁迅先生说，有时为了一个词，竟“停到大半天”。其实，如果最后终于找到了，虽然费了周折，倒也罢了。就怕翻箱倒柜费时费力，最后竟一无所获，那种滋味，未亲身经历的人怕是难以体会的。

这里涉及翻译的一个基本理论问题。这个基本问题早在古罗马时期就有人意识到了，故而有“翻译即反逆”那句名言。倘若在同根的几种西方语言之间，翻译尚且难免不

“信”，那么在汉语与西方语言之间，完全的“信”就更是可望而不可求了。西方语言与我们汉语的差距实在太大。语言生成的历史、社会发展的过程、生活方式、文化底蕴、由语言而形成的部分文化特征和思维习惯乃至世界观等等，无不有深刻的差别，这种差别渗透到了语言最微小的结构中。汉语与西方语言之间的翻译（广义地说一切翻译都如此）只能是“求同存异”。绝对“同”，百分之百的“信”，对翻译者来说，只能是一个美丽而永远实现不了的梦。钱锺书先生在《林纾的翻译》中说“讹”是“译”这个字的题中应有之义，是“难于避免的毛病”，这是至理名言。

然而译者又总是力求“信”的，所以夸张一点讲，翻译，尤其是文学翻译，更尤其是诗歌翻译，是明知不可为而为之。奈何？公众有这个要求，民族的文化建设有这个需要，这份工作总得有人做。于是，译者一旦执笔，是否能够“信”便成了一个压在心头的大石头。因为在两种语言的转换过程中，什么信息是可以传递的，什么是传递不过去的，什么是可以全部或至少大部分传递过去的，什么是只能少部分传递过去的，这需要紧张的思索、判断，决定传递路径，寻找传达方法，经常难免走弯路，有时甚至走进死胡同，个中的酸甜苦辣，从结果（译文）中是品尝不到的，只有劳作者自己心里明白。这里，起决定作用的，是译者中外两种文字的深厚功底，是学识的渊博，是知识结构的相对完整和均衡，是对作品的理解力和感悟力。

总之，“达、雅”固然难，“信”又何尝容易，这是笔者在翻译中吃了许多苦头之后发出的叹息。

——原载《一本书和一个世界》(昆仑出版社，2005 年)

扯不清的话题

这两年，文学翻译红火，品评译作，讨论译理便成了热门话题。《中华读书报》的《翻译作品面面观》专栏已陆续刊登许多名家的高见，令人大开眼界。然而同时也叫人对翻译这个起码扯了上百年至今却仍旧扯不清爽的问题感触颇深。就说译文应该忠实，也就是“信”吧，对于这一点，理论上大概没有人反对。然而一离开抽象的概念，接触实际问题，分歧就来了，因为何谓忠实，何谓“信”，似乎很难达成共识。最突出的例子就是去年关于《红与黑》翻译的争论。许渊冲老先生的“魂归离恨天”等译文引来施康强等译家的批评，许先生不以为然，屡次著文反驳，最近一期《出版广角》还有他的文章。这场闹得沸沸扬扬的争论，分歧的焦点不在“达、雅”这样的高标准上，而在“信”这个初看起来似乎是最起码的标准上，各方都坚持认为自己的译文是忠实的，对方的译文，或被指责为“不足”，或被指责为“太过”。一方说司汤达原文就是简单地用了“死”这个词，所以译为“死了”才是忠实，另一方说，这里译“魂归离恨天”才传达出了原文的感情内涵，才算忠实。这么一句简单的话，在低标准的“信与不信”上尚且如此各执一词，遑论其他！

如今“敢”字当头，错误百出的劣质译文固然有，但是我却不赞成一般地贬低现今翻译质量的悲观论调。读不懂原文，硬译、胡译，还要美其名曰“创造”的人毕竟是少数，翻译总体水平的提高毋庸置疑。所以如今讨论忠实，不是一般地讨论合不合原意，而是研究怎样贴近原文的表达，也就是罗国林先生在《风格与译风》中说的注意怎么说的问题。正如施康强近文《翻译的情与爱》所指出的那样，讨论“已从低级的语文层次进入文体学、语言学乃至哲学和宗教层次”。这是个可喜的现象，也反过来证明了我国的翻译确实有长足的进步。然而，一进入文体学、美学、诗学这些较高的层次，忠实的标准就不像在语文层次上那样易于把握了，难免出现扯不清的讨论。还是来说“信”，流行的说法是“信”应该超越形似，追求神似。抽象地说，不成问题，国人受传统美学的影响，大都以神似之作为上品。可是既是神似，就是只可神会，不可言传的，也就是说，在相当大的程度上靠直觉，放到理念上和理论上，就有点玄了，想扯清楚，难已矣！

我读傅雷先生的巴尔扎克，觉得生动流畅，读李健吾先生的莫里哀，觉得朗朗上口，读朱生豪先生的莎士比亚，觉得摇曳多姿，但是要说这就是巴翁、莫翁、莎翁的风格，实在觉得勉强，还是说这是傅雷风格、李健吾风格、朱生豪风格妥当一些。译作自然有品位高下之分，但是硬要说某种译文风格就是原作风格，那未免太武断了点；硬要说某种译文是神似之作，另一种译文仅达形似水平，似乎也没有多少说服力。作家的风格，不是用“简练”和“繁复”，“婉约”和“豪放”这样简单的分类可以反映的，风格由诸多因素综合而成，这些因素在文字转化过程中，有些甚至是很重要的东西不得不忍痛割舍。既然如此，讨论“信”和“神似”，岂可不小心翼翼，“三缄其口”？我并不反对努力贴近原作风格，把“简约”的译成“繁复”的，把“婉约”的译成“豪放”的，毕竟不妥。然而说到底，神似也好，信也好，译者不同，读者不同，感觉不同，正如一篇文章，有人拍案叫绝，有人却嗤之以鼻。比如译界前辈林纾的译著，增删的自由度相当大，而且按钱锺书先生说法，“漏译误译触处皆是”，然而钱先生却认为胜似某些忠实的译文。因此，我觉得在品评译作时，切忌先入为主地设定风格标准，凡不符合标准，就咬定是劣品无疑，这样做，难免束缚译家的创造性，不利于翻译精品的出现。应该鼓励不同风格的译文自由竞争。倘若我们在译介巴翁之初，便有理论家出来依原文的风格来预先规范译文，傅雷先生如此灵动鲜活的译作想必会在劫难逃，那岂非中国翻译界的一大损失？

这么说，似乎颇有相对主义之嫌，难道翻译竟没有标准吗？我个人觉得，相对主义怎么说也比绝对主义好些，绝对主义者总是摆出真理绝对在握的神气，其实你果真有这样的底气，还是拉大旗作虎皮？至于标准，笼统的标准自然有，实际上早已有之，但是怕的是拿一己之见当作普遍真理。只要避免了这一条，虽然我常为“扯不清”而迷惘，却又积极主张开展译作的品评和译理的讨论。这种品评和讨论，窃以为益处不在于定是非，划优劣，而在于各抒己见，互相启发。例如我对许渊冲先生某些主张不敢苟同，但是许先生通过具体译例进行的阐发，却使我获益匪浅。也正因为如此，我对抽象讨论理论的文章多采取敬而远之的态度，觉得不是通篇大实话，就是洋洋洒洒却不得要领。联系译作实际进行分析讨论的文章，即使基本观点与自己相左，读来也自有乐趣在其中。

总而言之，关于翻译的话题是个扯不清的话题，虽然如此，扯扯还是大有好处。何必务求“清”呢？世上的事，扯不清的多的是，何止翻译。

小议“信”

《浪漫的谎言与小说的真实》由北京大学出版社再版，译者趁而校订之。虽勉力而为，自知不很如人意或很不如人意者仍非少数，错讹舛误者亦在所难免，敬希读者不吝指正。

严又陵先生的译事三难“信、达、雅”，今之翻译理论家毁之者众矣，讥以浮泛空洞之论，然译家却多津津乐道者，何也？以其言简意赅而可循也。唯“雅”者何为，素无定说。按又陵先生言，似为“古雅”（用“汉以前字法句法”），古文家吴汝纶云“骎骎与晚周诸子相上下”，而胡适之先生所谓“在古文学史也应该占一个很高的地位”者也。今人则变通为“文采斐然”，或更以“文学性”延展其内涵。译者愚陋，“信、达、雅”三善具备之境界非其所敢望，唯求“信、达”耳。依理而论，译理论典籍，“信”当居首，“达”次之，然为“达”而伤“信”固可诟病，为“信”而废“达”亦大忌也。又陵先生曰：“顾信矣不达，虽译犹不译也”，信哉此言！艰深佶屈，“达旨”不成，又何信之有！故“信、达”二境界，不可厚此薄彼，亦译者孜孜之所以求也。惜语言功力不足，难免捉襟见肘之窘困，未参透作者之思想，常有雾里看花之无奈，虽欲游刃有余，其可遽得乎？此番校订，再尝一字之窘，严老先生所谓“一名之立，旬月踟蹰”也，遑论一知半解，深知愧对读者时之芒刺在背耶！

本书法文名为 *Mensonge romantique et vérité romanesque*，此次再版，循三联版旧译，曰《浪漫的谎言与小说的真实》。然若细考之，“浪漫的”一词译作“浪漫主义的”，庶几更切原意。法文 romantique 与 romanesque 词义相叠，特定语境下，均可作“浪漫的”解。然 romantique 又可解为“浪漫主义的”，romanesque 又可解为“小说的”（汉语“浪漫”与“小说”两词风马牛不相及，然法语中其渊源深矣，此处不赘述）。原题巧用二词之歧义，可谓神来之笔，汉语则难尽其妙；而作者以为新旧浪漫主义竭力掩盖欲望之本相，种种说辞，天花乱坠，却无一不近皮相之论，抑或蛊惑之言，由是观之，书名似当云《浪漫主义的谎言和小说的真实》。然现在变更书名，或需大费周章，累人已甚。退而思之，译“浪漫的谎言”，亦非全不可取，不仅语气紧凑，且与后文相对，而义亦不大谬也。因此二者，暂且保留旧译，海内方家幸有垂教焉！

译者记于京西草庐

2011 年岁末

也谈“化境说”

——读钱锺书《林纾的翻译》

去年将近岁末，柳鸣九先生主持召开了一个关于翻译“化境说”的研讨会，在京的老中青翻译家踊跃与会，之后果麦文化推出一套化境翻译佳作集和一本关于化境说的论文集，于是“化境说”一时成了译界议论的热点。

所谓翻译的“化境说”，来自钱锺书先生一句话：“文学翻译的最高标准是‘化’。把作品从一国文字转变成另一国文字，既能不因语文习惯的差异而露出生硬牵强的痕迹，又能完全保持原有的风味，那就算是入于‘化境’。”类似的表述，我们在其他著名学者那里也听到过，比如李健吾先生曾说：“我们翻译一部文学作品，在初步，正如创作，停留在技巧的掌握上，可是最后，通过人生的经验，就要归结在思想的密契上。”（见罗新璋《翻译论集·翻译笔谈》）所谓“技巧的掌握”，无妨理解为在两种文字的转换上不“露出生硬牵强的痕迹”，而一旦达到“思想的密契”，必然就会“保持原有的风味”。因此可以说，李先生对优秀翻译作品的评判与钱先生没有大差别，只是李先生没有用“化境”这个概念而已。

“化境”这个概念当然不局限于翻译。“化境”是一种至善至美、至高至上的境界，为一切创造性活动所憧憬。“化”，用平常语言讲，就是脱胎换骨，超凡脱俗，鬼斧神工，出神入化。“化境”一词来自佛家与道家。佛家以为佛有二境，一为证境，二为化境。所谓化境，十方国土，皆为如来所化之境，也就是说，进入化境便悟到宇宙无涯，佛法无边，宇宙与佛是统一的。道家的“化”似乎更容易理解，道家讲究得道成仙，由有限的可朽的肉身“变化”为无限的不朽的仙体，所谓“羽化而登仙”。道教的宗师抱朴子葛洪以为人只要持之以恒地修炼自身，“积善立功……受福于天，所做必成，求仙可冀也”。于是后人常用化境表示经过修炼而达到的一种超越自我的境界，一种精神与物象完全交融的高度。有人甚至直接拿佛家的修行与艺术修养相提并论，“以禅喻诗”，例如南宋严羽的《沧浪诗话》，开宗明义便拿作诗与参禅相类比，明确地说：“大抵禅在妙悟，诗道亦在妙悟……”清代王士祯说得更直接：“舍筏登岸，佛家以为悟境，诗家以为化境，诗禅一致，等无差别。”（《香祖笔记》）在他们看来，诗家的“化境”，就是佛家的悟境。

因此，化境之说，不论在宗教上还是在艺术上，其中都含有玄学的成分，玄而又玄，只可意会，不可言传。说是不可言，又不能不言，于是历代的论者便挖空心思言说自己的体会，其中《沧浪诗话》是一个比较典型的例子。严沧浪说道："及至透彻，则七纵八横，信手拈来，头头是道也。"所谓"透彻"，应该就是进入了化境。进入了化境，创作者就获得了完全的自由，禅宗所谓"万古长空，一朝风月"，大千宇宙，日月星辰，尽在胸中。沧浪所谓"头头是道"，这个"道"，应当理解为刘禹锡说的"悟来皆是道"，真是绝对的自由。

总而言之，化境不但是至善至美、至高至上的，而且从创造者的主体而言，是进入了超越规则、超越桎梏，获得了随心所欲高度自由的一种境界。而翻译，如果我们承认它也是一种创造性的劳动，那么这种境界似乎也就顺理成章成为历代译家的追求。对于中国历代诗话诗论、笔记小说烂熟于心的钱锺书先生，讲到翻译的品级，油然想到诗道的"化境"，并借用来谈"译道"，这实在是再自然不过了。关于翻译"化境"的那句名言，见于他 1979 年出版的《旧闻四篇》中的《林纾的翻译》，是讨论林纾翻译的得失，因机而发的感慨。我以为，说到底，作为翻译的理想境界，"化境"与李健吾先生的“思想的密契”，以及傅雷先生的“神似”，并没有多大差别。

钱先生的文章值得注意的是，他从许慎《说文解字》关于“译”的训诂讲起，一上来就强调，从文字训诂的角度理解，翻译的作用应该是“诱”，翻译向往的最高境界应该是“化”，翻译不可避免的毛病则是“讹”。

这里面大有讲究。所谓“诱”，按钱先生的说法有两层含义，第一层含义是翻译的出发语与达到语这两种语言之间的互相吸引与“引诱”，可能的结果，对于我们的汉语言翻译，一种是尽量“欧化”，一种是尽量“汉化”，这是讲翻译实践；“诱”还有另一层含义，就是“引诱大家去爱好外国作品，仿佛做媒似的，使国家与国家之间缔结了‘文学姻缘’”，这是讲外国文学借助翻译这个媒介在母语国的接受。钱先生本人“就是读了林纾而增加学习外国语文的兴趣的”。所谓“化”，也就是“化境”，钱先生的解释很清楚，却也极概括，这里值得玩味的是，在钱先生说的翻译这个词的词义“虚涵数意”表上，作为理想境界的“化”与不可避免的毛病“讹”之间似乎有着不解之缘，有着剪不断理还乱的复杂关系，说白了，就是“化”中不可避免地含有“讹”。仔细琢磨体会钱先生对林纾翻译作品的批评，我甚至有一种感觉，钱先生对“讹”实在是有一种隐约的首肯。

林纾翻译的“讹”广为人所诟病，林纾本人也从不讳言，只不过因为他本人不懂外语，凡有错讹，他可以很轻松地往合作者身上一推了事。钱先生的文章对林纾译著中的误译指摘得很具体，很尖锐，而且把林纾自我辩解的遮羞布也毫不留情地撕开，判定有的错误不是可以随便就让合作者背黑锅的。然而非常有趣的是，我们发现，在一番略带嘲讽的批评之后，钱先生对林纾翻译的喜爱与欣赏却并未稍减。何以如此？我觉得，首先，钱先生说得很明确，翻译的作用在于“诱”，在于“做媒”，而不论是广泛的社会影响还是钱先生个人的经验都证明了，林纾的翻译可以说圆满地完成了“诱”或者说“做媒”的任务。反之，钱先生毫不留情地嘲笑那些“拙劣晦涩的译文”，痛恨它们“不是‘居间’，而是‘离间’，摧毁了读者进一步和原作直接联系的可能性，扫尽读者的兴趣，同时也破坏原作的名誉”。其次，与此相关的是，既然“讹”在钱先生看来是“不可避免的毛病”，那么对翻译中出现“讹”就无须大惊小怪，小题大做。文章中的这段话很值得玩味：

最近，偶尔翻开一本林译小说，出乎意外，它

> 居然还有些吸引力。我不但把它看完，并且接二连三，重温了大部分的林译，发现许多都值得重读，尽管漏译误译触处皆是。我试找同一作品的后出的——无疑也是比较“忠实”的——译本来读，譬如孟德斯鸠和狄更斯的小说，就觉得宁可读原文。

以钱先生的西文与中文修养，给林译挑错那是易如反掌的事，然而钱先生并不像某些翻译批评者，看到漏译误译便仿佛哥伦布发现了新大陆，大呼小叫，对译本的整体质量却不予理会，一叶障目，不见树林。给人感觉，一旦发现漏译误译，译本便一无是处，可以永久“打入死牢”。钱先生与他们相反，尽管林译“漏译误译触处皆是”，他还是觉得“有吸引力”，“值得重读”，而那些“忠实”的译本，反倒叫他难以卒读，“觉得宁可读原文”。道理其实很简单，按照钱先生的“虚涵数意”，这些忠实的译本根本没有完成翻译的基本作用，“做媒”没有做好，这样的媒介，有不如没有。

那么，难道说漏译误译不是毛病反倒是优点么？当然不是这个意思，但是，我们应该注意到，钱先生的文章开宗明义便从词源的角度探讨了何为翻译。翻译是一种“化”，而从语义学讲，“讹”是“化”的必有之义——不说“应有之义”

的话。钱先生是何等聪明的人，他当然不会直白地说以林译为高标，但是他在批评林纾误译的时候，毫不掩饰对林译整体质量的欣赏，说明了在他心里，“拙劣晦涩”但忠实于原文的译本远不如林纾的漏译误译比比皆是但却叫人读起来兴味盎然的译本。我想，宣示这个态度，正是钱先生这篇文章的鹄的。说到这里，我不禁想起杨周翰先生的一段话，杨先生与学生谈翻译时说，文学翻译无妨向译制片的翻译学习，那是一种很灵活很传神的翻译。我们都知道，译制片的翻译为了对上口型，也为了便于观众快速理解剧情，有时不得不牺牲语义的忠实，翻译上有相当高的自由度。杨先生对译制片翻译的称赞，可以说与钱先生对林纾翻译的称赞异曲同工。

钱先生的文章提出“化境”是翻译的理想标准，但是对“化境”这个概念却语焉不详，完全没有加以理论展开的意思，体现了钱先生一贯的治学理念与方法。作者的关注点在于实证，在于实例乃至细节的分析比较。众所周知，钱先生对于此道，凭着他不懈的积累与超人的记忆，达到了“信手拈来，头头是道”的自由境界——无妨说是进入了化境，可以企及者鲜矣！这么说，绝不是说钱先生对言说评论的对象没有自己的审美立场与审美标准，而是说钱先生几乎从来不从抽象的理论出发。钱先生很熟悉中外文评乃至西方的各种美学、社会学或者心理学理论，在他的《管锥编》或者《谈艺录》里，相关引语俯拾即是，然而与许多迷恋理论色彩的学者不同，钱先生引经据典不是为了拉大旗作虎皮，而是因为这些经典论述契合了他个人的阅读与审美体验。他以审美的态度，从艺术欣赏者的角度，站在诗的立场对待他言说评论的对象。从这个视角来看《林纾的翻译》，就不难理解为什么钱先生对林纾那些“漏译误译”百出但语言精彩传神的译本如此偏爱，也就明白所谓“化境”的旨归究竟何在了。

如果我们秉持客观的态度，那么我们就应该承认，翻译研究在钱先生的学术视域里是相当边缘化的。他作为一个学贯中西的大学者，自然不会低估翻译的价值，却显然也没有多少礼赞的热情。在我们这些俗人眼里，以钱先生对中西作品与文献海量的阅读，以他大师级的汉学修养和对多种欧洲文字的精通，不搞翻译绝对可惜，但是钱先生本人肯定不这样看，我这么说绝非妄测，先生从不染指翻译就是最有力的证明。说到翻译，说到学贯中西，人们不由得会想到另一位大师，那就是傅雷先生，然而傅雷与钱锺书两先生真是完全不同的两种人。傅先生一生孜孜不倦于译介法国文学与文化名著，从巴尔扎克到罗曼·罗兰，从伏尔泰到泰纳，一生的译著以千万字计，本本都是精品，都堪称译事的标杆。钱先生天赋异常，过目不忘，大量信息储存在脑子里，用时信手拈来，轻而易举，故而读书在他是一种快乐，一种极丰富的精神享受，是狂欢与盛宴，他毕生以泛舟书海为乐，真可谓“乘天地之正，而御六气之辩，以游于无穷者”。对他来说，学始于乐，乐升华了学。“学海无涯苦作舟”这句话对钱先生是不适用的，而且他对学问做到孜孜矻矻的份上肯定是不大看得上的。这不免使人想起李白的“借问别来太瘦生，总为从前作诗苦”，这首相传是李白赠杜甫的诗，历来有不同的解释，我总觉得，太白先生以自己傲视四海，纵横八荒，“下笔千言，倚马可待”的才气，对苦作诗的人心里是有点“怜而悯之”的。

我无意将钱锺书先生与李白相提并论，我只是想说明，以钱先生的性格与才情，对做死学问或者死做学问，心底里是不以为然的，对于在两种文字之间辛辛苦苦做搬运转化的工作，他不愿甚至可以说不屑为之。他不是工匠，但他是工艺品的出色鉴赏家。而傅雷先生，同天下所有的译家一样，有点像李白用略带怜悯的眼光望着的“太瘦生”杜子美，总为从前翻译苦，戴着脚镣跳舞，用他自己的话说，“一本书上了手，简直寝食不安”，个中的酸甜苦辣，在爬格子的过程里一点点化为切肤的体验。从这个角度说，傅雷先生是亲力亲为的工匠而不是把玩艺术品的鉴赏家（仅就翻译而言，如涉及其他领域，例如美术，傅先生也是高明的鉴赏家）。他提出“翻译……所求的不在形似而在神似”(《〈高老头〉重译本序》)，所谓“神似”，傅先生是有具体解释的，即还原出原作的思想方式、感觉、观点、风俗传统信仰、社会背景、表现方法等等，亦即原作的“意义与精神”，或简称之“韵味”。也就是说，翻译不能仅仅满足于字面意思的传达，还应传达出原作的文化底蕴，以及原作者的感情世界与心灵世界。最高的水准就是：“理想的译文仿佛是原作者的中文写作。”不难看出，这实际上就是进入“化境”了。

可见，不论二人有何不同，傅雷先生的“神似”说与钱锺书先生的“化境”说，说的都是翻译的“最高理想”，他们也都承认，“彻底和全部”实现这个理想是不可能的。既然如此，那么就大可不必在二者之间分什么高下。我个人以为，除了表达的不同，二者的区别仅仅在于，一方面是辛苦劳作后对更美好结果的憧憬，另一方面是悠闲徜徉于艺术世界而发出的感慨，虽殊途而同归。

钱先生这篇文章还有一点很值得注意的，就是所谓西方小说“古文”译法。很长时间里，由于林纾本人一向高调鼓吹“古文”，并且以正统“古文家”自诩，论者之中便有了一定之见，认定林纾译英法小说用的是“古文”，口口相传，对此少有怀疑者。钱先生指出“这是一个需要澄清的问题”。他追根溯源，直指林纾的朋党：“他的朋友们（这样）恭维他”，并举当时的大儒赵熙诗句为例证，然后对“古文”这个概念作了详尽的辨析，解释了即便从语言方面说，“林纾译书的文体不是‘古文’，至少就不是他自己所谓的‘古文’。他的译笔违背和破坏了他亲手制定的‘古文’规律”。结论是“林纾并没有用‘古文’译小说，而且也不可能用‘古文’译小说”。其实，早在林纾发表《论古文之不当废》的时候，主张废除古文一派中就有人，比如钱玄同，已经看到了林纾译小说用的并非他自己推崇的“古文”，钱玄同指出：“林纾与人对译西洋小说，专用《聊斋志异》文笔，一面又欲引韩柳以自重，此其价值，又在桐城派之下，然世固以‘大文豪’目之矣……”他指摘林纾“引韩柳以自重”，根据是林纾自己在《论古文之不当废》中说：“知腊丁之不可废，则马班韩柳亦自有其不废者……”这话与赵熙诗说的“列国虞初铸马班”正相呼应，坐实了林纾抱桐城派“残缺”的罪名。不过，平心而论，林纾所谓“马班韩柳”不过是指代，指代的应是与“白话文”相对的“古文”或者说“文言文”，这中间自然也就包含了例如钱玄同所说的“《聊斋志异》的文笔”。

不过，由于长久以来，人们过于注重林纾对正统桐城古文派（桐城派）的称颂尊崇，忽略了钱玄同等人的意见，以讹传讹，将林纾移译小说用的笔记体文言文与他主张的作文要学马班韩柳之“古文”混为一谈。钱锺书先生在这篇文章里对此专门做了讨论，加以澄清，消除了以讹传讹的成见。中国翻译史的研究者，对钱先生的意见万不可忽视。

论文编

“潜对话”与寻找自我

——阿波利奈：20世纪法国现代主义之源

19世纪末、20世纪初，法国历史上称为“美好时代”。这个时期法国文学创作异常活跃，各种风格与各种流派争奇斗艳。消遣性、娱乐性作品亦即商业文学空前繁荣，这在戏剧舞台尤为突出，被冠以“流行剧”、“新古典主义”剧、“新浪漫主义”剧等名目的作品涌入巴黎的大小剧场。套用今天的语言，当时的不少剧作都可以归入“肥皂剧”一类，这些作品大多情调轻松，以比较抒情的态度对待人生，反映了这个时期法国公众尤其是资产阶级的骄矜和自我满足，与稍前时代揭示现实生活沉重残酷面貌的自然主义小说和戏剧形成对照。而在文学观和创作风格上，它们大多满足于回归或模拟传统，同以波德莱尔为源头的19世纪文学变革潮流背道而驰。同样在这个时期，19世纪后期曾经产生较大影响的象征主义一方面衍生出“后期象征派”“新印象派”“新马拉美派”等诗派，以及以梅特林克为代表的象征主义戏剧，一方面又受到了“自然派”等新兴诗派的质疑和抗衡。在这种情势下，法国文学的变革运动进入了一个转折期。

瑞士文学批评家马塞尔·雷蒙在其影响深远的论著《从波德莱尔到超现实主义》中，对从波德莱尔直到20世纪30年代“超现实主义”这一时期法国诗歌的变革历史做了经典性的评述。特别值得注意的是，他在书里专辟一章（第11章）讨论转折时期法国诗歌变革的核心人物阿波利奈。20世纪初期，法国诗坛出现两位巨子：克洛代尔和瓦雷里，他们对法国20世纪现代主义文学的形成和发展无疑起了重要作用，雷蒙把他们的作品定位为“新旧美学的结晶”，而他在讨论阿波利奈时则做出了这样的论断：“新诗之源——阿波利奈”。他这里所说的“新诗”，无疑是指超越19世纪后期的象征主义，开启了20世纪前期法国抒情诗新风尚的诗歌。依雷蒙之见，20世纪初期法国新诗的代表人物有三，他们是安德烈·萨尔蒙、马克斯·雅各布和阿波利奈。三人中，阿波利奈的历史作用最为突出。一战后，超现实主义文学兴起，以布勒东为首的超现实主义诗人对阿波利奈过早辞世感叹唏嘘，认为倘若阿波利奈活着，一定会是超现实主义运动的中坚。所以，布勒东从阿波利奈具有荒诞色彩的剧作《特雷齐亚的乳房》的序言里发现并借用了“超现实主义”一词绝非偶然。雷蒙无疑看到了超现实主义诗歌与阿波利奈之间的渊源关系，并且看到了阿波利奈的诗歌对整个20世纪法国诗歌的深远影响，所以他把阿波利奈放在20世纪现代诗开山之人的地位上，实际上也就把阿波利奈的诗歌看作了20世纪法国现代诗歌乃至整个现代主义文学的源头。

二

阿波利奈是私生子，母亲系波兰人，父亲据说是一个意大利军官，不过阿波利奈从来没有见过他。阿波利奈从小跟随既没有固定职业，又居无定所的母亲生活。私生子的身份加上漂泊贫苦的生活使他毕生有一种社会边缘感。他在《安德烈·萨拉蒙婚礼诵诗》里说，年轻时他和萨拉蒙这对“衣衫不整”的好朋友经常在“破旧的小酒店”借酒浇愁，是两个“受愚弄的不会笑的小家伙”。潦倒动荡的下层生活养成了阿波利奈强烈的平民意识、好动的性格以及超越自我超越环境的强烈欲望。1911年，罗浮宫博物馆失窃，阿波利奈莫名其妙受到牵连，被关进了拘留所，铁窗后的生活让他更加感到个人命运朝不虑夕，难以预料。他长期在法国居住，却没有法国国籍，这也在他心理上投下浓浓的阴影。生前，他的作品没有多少人注意，生命的最后几年才有了一点小名气，而真正获得关注则是在20世纪20年代，那时他已经与世长辞。

简言之，阿波利奈无论从其社会地位讲还是从其文学地位讲，都是被边缘化的，被主流社会和主流文学视为“他者”或异类，他对主流社会和主流文学也就本能地抱着不合群的态度。就此而言，他和19世纪的波德莱尔、魏尔伦、兰波等诗人处境相同或相近，其远祖无妨认为是中世纪流浪诗人弗朗索瓦·维庸。在这种环境下开始文学创作的阿波利奈，必然与对抗传统的文化改革派相亲近。他与先锋派艺术家交往非常密切；他支持毕加索等人的艺术革新，撰文为立体主义喝彩并且力图从理论上为立体主义正名，断言“未来将不懈地遵循”立体主义开创的道路；他和意大利诗人马里内蒂一道倡导未来主义，认为新诗的“基本因素”是“勇气、胆量和反抗”。在自己的诗作里，他蔑视传统诗学原则，热衷于标新立异，嘲笑资产阶级生活中被看作天经地义乃至被神圣化的东西。所有这些，又都和他的性情相契合，从而铸就了他充满刚性与活力的新诗篇。

这些诗篇中最具代表性的作品当属《地域》。这首诗最早发表在1912年底，被收入1913年出版的诗集《醇醪集》。根据诗集的副题“1898—1913”，可以推定其中的作品创作于

1898年至1913年间,《地域》属创作较晚的一首，然而诗人却将它放在诗集首篇的位置上，可见诗人对它的重视。这首诗虽然不是真正意义上的叙事诗，却具有明显的叙事性，诗人在作品中追忆了自己从童年到成年的生活足迹，似乎力图认清真实的自我。诗中说道：

你嘲笑自己这笑如地狱之火闪烁
你的笑给你的生活背景上涂上一层亮色
这是阴暗的博物馆里的一幅画
有时候你要凑上前去看个明白

然而，这幅悬挂在“阴暗的博物馆里”，需要不时“凑上前去看个明白”的画，描绘的难道仅仅是诗人个人吗？纵观全诗，可以肯定地说“不是”。由于诗歌采取了特殊的叙事形式，它对“似水年华”进行了超时空的重新体验，这种体验没有停留在个人的层面上，而是透露出某种群体层面的意义。

这个特殊形式就是诗歌中叙事主体与形象主体的分离。由于诗歌讲述的事件都是诗人的亲身经历，因此叙事主体与形象主体在作品中本应该是同一的，然而在这首诗里，叙事主体却有意识“金蝉脱壳”，与形象主体分离，于是叙事主体的声音不再像一般抒情诗里常见的那样与形象主体的声音相重合，而是成为主体形象之外的一个语声，并且对形象主体以“你”相称。这种手法无疑是一种标新立异的创造，然而其意义绝对不仅仅在标新立异，它巧妙地构成了潜在的“我”（叙事主体）与显在的“你”（形象主体）的一种“潜对话”，在诗中形成了一种潜在的互动。借助“你”这个指称，“潜对话”把“我”的经验和感受在不经意间转移给了读者，读者竟不知不觉将它们当作了自己的经验和感受。

同时，这样巧妙建立起来的互动关系扩展了诗人的表现空间，使诗人得以表达原本很难表达的感情。诗人在现实生活中的经验和感受错综复杂，而且游移不定，诗人显然觉察到了这种复杂性和不确定性，感到不保持一定的间隔便不足以表达自我体验和感受的真实状态，因此他采用“潜对话”的手法，创造了一种若明若暗、若即若离的文本环境，在这样的文本环境中，朦胧的暗示所蕴含的深度感染获得了空前的穿透力。我们看到，诗人以恍惚的、不确定的眼光审视现实世界，而这种审视，其自身的意义与价值也处于一种恍惚的、不确定状态中，诗人对人生足迹的追忆，其实是在不明其意义的世界里寻找不明其何所来与何所去的自我，这便是《地域》传达给我们的信息，这个信息将在20世纪现代主义文学作品中反复出现。

19 世纪法国后期印象派画家高更曾经以“我们来自何方？我们是何物？我们去往何方？”为题画过一幅充满神秘色彩和暗示的作品，表达了画家同代人对“我是谁”这个人类生存的基本问题的困惑。对阿波利奈而言，这个问题在现代生活的压力下变得更为尖锐与突出。有时特定的情境会使这个问题变成切肤之痛，例如在罗浮宫失窃案中，诗人被控窝藏赃物，关进桑岱拘留所，突然陷入了前所未有的困境，而自我的面貌也突然变得陌生了。诗人在《献给桑岱》里描写了自己的心态，他望着“牢房光秃秃的墙壁”，听着城区传来的熟悉的喧闹，放风时“像狗熊似的打转”，百无聊赖时只能盯住一只苍蝇出神，这时，“我是谁”这个在他心底里纠缠已久的问题似乎成了当下迫切需要回答的问题，他从心灵深处发出慨叹：“我将变成什么？”他因为失去了自我而茫然：“我感到我不再是我自己。”不过，此时自我的失落虽然对人压抑甚重，使得诗人感到五内俱焚，但是毕竟是在一种特殊的境遇里，因而不如《地域》这首诗所表达的那种经验和感受耐人寻味。《地域》的“你”的形象好比 18 世纪西班牙流浪汉小说中的主人公，四处漂泊，然而从本体论的意义说，《地域》里的“流浪汉”形象要比西班牙流浪汉小说的人物更加深刻，他非但在生活上没有根，精神上也没有根，甚至可以说他整个生命都没有根。“对这个旧世界你终于厌倦了”，他对任何事和物都难以有认同感，这反映着现代人普遍的焦虑和不安。因此“你”的流浪主要是精神意义的，带有形而上的特点，和陀思妥耶夫斯基的“地下人”相类似。阿波利奈之后，这种精神“流浪汉”在法国乃至整个西方的现代主义文学中屡见不鲜，例如布勒东笔下的娜嘉，乔伊斯笔下的尤利西斯，加缪笔下的莫尔索，贝克特笔下的符拉基米尔和埃斯特拉冈等等。这是一种生存状态，加缪把这种生存状态叫做“流亡”，他的中短篇小说集《流亡和王国》中的人物从生存体验来说，实际上都与《地域》中的“你”声气相通。

二

上面我们说到，阿波利奈和19世纪的波德莱尔、魏尔伦、兰波等诗人的处境有相近之处，边缘化的地位决定了他的痛苦和彷徨。但是，阿波利奈的处境又有不同于波德莱尔等人的一面。阿波利奈所处的时代，资本主义生产和社会生活的飞速发展，特别是巴黎这个国际大都市日新月异的面貌，日趋丰富和多样化的生活，使得不少文化人对资本主义文明中的现代都市生活不再疏远、敌视，有的还表示出某种程度的认同乃至亲近感。

在《病之秋》这首诗里，阿波利奈说：

我多么爱啊秋季我多么爱你的声响
爱无人采摘的落地果实
爱哭泣的风和树林
它们的泪水是秋天的落叶
　　人们踩在脚下的落叶
　　奔驰的火车
　　流淌的岁月

最后三句以特殊的排列凸现出来，诗人似乎感到叶发叶落、岁月流淌是生活中应有之义，而火车形象的出现，又在悲秋这个古老的主题中引入了现代生活的节奏。显然，这种不和谐音是诗人有意为之的，令人自然地联想到毕加索或者马蒂斯的画，想到勋伯格的无调性音乐。我们当然可以认为奔驰的火车是在暗喻时光飞逝，然而这只是一个层面的含义，还必须看到另一个层面。当时，火车被看作现代工业的象征，这个吞云吐雾的巨大钢铁怪物的出现很快与社会生活紧密相连，标志着人类文明历史的重大变化，标志着现代社会以不可阻挡的气势前进。它并不考虑人的情感与感受，你欢迎也罢，厌恶也罢；兴奋也罢，伤感也罢，它都要轰鸣着前行。19世纪末，火车与它所代表的现代生活曾经遭到某些诗人的敌视（如勒孔特·德·李尔），也被某些作家当作与人的生存环境密切相关的现象来描写（如左拉），也被某些艺术家当作重要的表现对象（如印象派画家莫奈）。到20世纪初，铁路建设加快，通车里数成倍增长，铁路交通已经成为人的生活中不可缺少的一环。与阿波利奈同时代，并且同样熟悉现代城市生活的比利时诗人维尔哈伦写道：

列车在驰，急疾地飞过，
一直到车站，停着成千
不动的机头，像一个金色辉煌的殿额。

对现代生活的变化，一向感觉敏锐的阿波利奈自然深有感触。因此，火车形象与岁月流淌的感慨同时出现固然包含着几分无奈，却也是对现代工业、现代文明的一种认同。这一点，从阿波利奈及其同时代的一些文化人对埃菲尔铁塔的兴趣也可见一斑。埃菲尔铁塔是资本主义现代钢铁业与建筑业的产物和象征，当时许多具有革新倾向的作家和画家都在自己的作品里描写过这座钢铁建筑，例如著名画家夏加尔、德罗奈，著名作家科克托，诗人桑德拉、雷翁－保尔·法尔格等人作品中都出现了铁塔主题。值得注意的是，他们都抱着好奇和思索的态度看待现代生活的这个象征，说明他们对现代生活的态度与前代人相比发生了很大变化。阿波利奈的作品里也多次出现铁塔主题，例如《地域》一开头便展现了埃菲尔铁塔的形象："埃菲尔铁塔啊，牧羊女，桥的羊群在咩叫。"这个形象作为巴黎的象征，统领全诗，而且显然处在诗人心路历程的起点上，而埃菲尔铁塔/牧羊女，以及（塞纳河上众多的）桥/羊群这两组奇特的隐喻，又隐约赋予了铁塔形象一缕淡淡的诗情画意。

19世纪中期，作为"发达资本主义时代的抒情诗人"的波德莱尔（瓦尔特·本杰明语）已经意识到城市生活必然成为诗歌创作的重要素材，但是由于他对大都市所代表的现代资本主义社会怀着强烈的抵触乃至愤懑，因而他笔下巴黎的形象是"拥挤"、"凄凉"、"曲曲弯弯的褶皱里"、"丑恶变成奇观"。而在阿波利奈的诗里，这种激烈的憎忿情绪已经没有多少痕迹可寻，诗人开始在更深的层面上思考如何面对现代生活和现实世界。诗人的目光从现代大都市生活阴暗丑陋的现实，转向现代人与资本主义世界的相互关系中彼此意义和价值的对比和变化，在这种思考中，现实世界的混乱无序、不可捉摸和难以理解成为他最主要也是最鲜明的感觉。为了表达这种混乱和不确定性，他采用了一个前无古人的手法，用类似绘画的“拼贴”技法将世界的混乱无序直观地表达出来，也就是说，直观地模仿现实的无理性，或者说，荒诞性。这种技法后来成为现代主义文学的重要手法，被意识流小说、新小说、荒诞剧等诸多流派广泛采用。

《地域》在“你”这个经验主体的生存、想象和幻觉中穿插了大量对巴黎这个现代大都市以及世界现实事件的印象。作品罗列生活与事件的片断，摈弃任何过渡与衔接，将事件简单叠加在一起，除了显示人物生活的飘忽不定外，也突显了现实生活的杂乱无章。《地域》采用的这个手法，受到德罗奈等法国先锋派画家的启发，诗人有意识地把德罗奈等人的拼贴画技法运用于诗歌，创造所谓“同步性”。1915 年发表的《有》，手法相同，几乎每句诗都以“有”开始，将诗人在战场上看到、听到、想到的人、事、物一件件堆砌起来，利用这种手法突出世界的纷繁杂乱和战争的丑恶荒诞：

> 有一艘船带走了我的心上人
>
> 有六七只系留气球飘在空中当夜色降临它们就像蜕化出繁星的蛆

有一艘敌方的潜艇憎恨我的爱情
有成千棵小杉树在我周围被炮弹摧毁
有一名步兵被瓦斯窒息弄瞎了眼睛
有我们的壮举把一切踩得粉碎
　　在尼采歌德和科洛涅的壕沟里
有我期待的书信牵动着我的心
有我心爱的照片夹在证件里
有一队俘虏经过一个个惊魂未定
…………
有一片墓地遍竖十字架离这里五公里远
有零星的十字架

在《图像诗》的《圣梅里的乐师》里诗人用了同样的笔法：

在这时刻
马古鲁的鸽子排出肉豆蔻
与此同时
博马天主教使团处置了雕刻家
别的地方
她穿过连接波恩和博伊尔的一座桥梁

然后在骚乱中消失

在同一时刻

一名少女爱上了市长

在另一个街区

诗人同化妆品的牌子竞争

这些并列出现的画面告诉我们，现实世界每时每刻都有万千事情发生，纷至沓来地涌入人们的头脑，人们被动地接收它们，根本无力进行理性的分类、归纳、解释。阿波利奈的这种认识观是19世纪末、20世纪初法国乃至整个西方世界逐渐蔓延的非理性主义倾向的表现。综观20世纪法国文学史，可以看到许多现代主义诗歌和小说作品，例如纪德的《梵蒂冈的地窖》、鲍里斯·维昂的《北京的秋天》、克洛德·西蒙的《弗兰德公路》、米歇尔·布托尔的《度》、勒内·夏尔的诗，甚至可以说包括普鲁斯特的《追忆似水年华》等等，从根本上说，都继承了阿波利奈对世界的感觉方式和理解方式。

现实的纷繁混乱往往与人内心的纷繁混乱相互衬托。例如诗人另外一首也以《有》为名的诗，同样以“有”开始每一句诗，写作于1914年至1915年间，后收入诗人去世后出版的《献给“露”的诗》。这首诗主要写爱情，主题与前一首《有》不同，但手法相同，每一个“有”都引出一个场景、一个画面或者一段思绪，表现了诗人纷繁的内心活动。诗人的情人“露”的真实姓名是路易丝·德·柯里尼-夏蒂雍，诗人曾经狂热地追求过她，但遭到冷遇，诗人入伍后住在尼姆，不料路易丝主动到尼姆来看望他。从诗人写给路易丝的信和献给她的诗篇看，两人在一起度过了销魂的一周，最后却还是分别了。诗人复杂混乱的心绪可想而知，而作品采用的场景、画面、思绪的“拼贴”恰好反映了诗人内心活动的真实状态，我们无妨说，这也是一种“意识流”的表现手法。

在《地域》《有》这些作品里，与诗人所表达的情感相呼应，诗获得了新的概念。诗人这样描述创作《醇醪集》时的心情：“我就像那些在港口海边消磨时光的水手，大海带来的出人意料的东西太多了，景观不断翻新，永远不会叫人感到厌倦。”诗人的大海就是现实生活，是他熟悉的都市生活，生活可能是忧伤的，但“永远不会叫人感到厌倦”。诗人把他在“海边”看到的景色都写入自己的作品，对他来说，生活无不可入诗，而诗又像生活一样，应该“不断翻新”，无一定之规。从这个概念出发，诗人还尝试所谓“谈话诗”，将他在街头或咖啡馆里听到的谈话加以组织和提炼，写成诗篇。诗人曾经说过，在反映事实这一点上，诗和新闻异曲同工。这个观点并不反映诗人基本的诗歌理念，但是表达了他希望用诗直接表现纷繁复杂的现代生活的愿望。

三

阿波利奈在诗歌表现形式上最大胆的革新是诗集《图像诗》。《图像诗》出版于1918年，收入了诗人1912年至1917年间创作的诗歌，其中一部分作品先后在《法兰西信使》等杂志上发表过。这个诗集之所以题为《图像诗》，是因为其中一部分诗尝试将诗与画结合起来，以诗行为线条，勾画出与诗歌主题对应的图像，例如鸽子、喷泉、雨点等。像毕加索创造立体画，把绘画从传统的透视理论的束缚下解放出来一样，阿波利奈试图借图像诗将诗歌从传统的文字形式中解放出来（当然只能是部分解放），超越语言层面，像绘画那样赋予读者直观的视觉认识和视觉享受。阿波利奈的革新尝试显然受到19世纪象征主义诗人马拉美《骰子一掷永远不能改变偶然》的影响。马拉美是法国诗歌史上企图打破传统的诗句排列形式的第一人，他在《骰子一掷》这首本来已经相当艰涩的长篇诗歌里大量使用错行、阶梯诗、空行、空白页等特殊形式，希望在这些别出心裁的设计中寄蕴特殊的诗意。例如他认为，整页的空白好比音乐的休止符，是诗歌自身节奏的需要。不过，马拉美的《骰子一掷》还仅仅是对诗歌外在形式的细微调整，而阿波利奈则进一步整合绘画与诗歌，使诗与画不仅仅在意境层面上相通，而且能够在形式上（因此也就进一步从意境上）互相补充，从而使诗的表现力得到扩充。

《图像诗》在这方面的创新几乎没有继承者，颇有一点前无古人，后无来者的苍凉，其道理，大概还是莱辛在《拉奥孔》中早就阐发过的诗画之别。后来超现实主义诗人阿拉贡的字母诗将 26 个字母排成 5 行，题名《自杀》，或许可以认为是“图像诗”的一点余绪。

阿波利奈的试验就形式而言虽然没有模仿者，但是形式背后隐含的心理特点却成为法国 20 世纪众多现代主义流派的共同特质，这就是带有自嘲成分的反讽，也可称之为游戏心态，就是说，诗人（作家）既以一种游戏的态度对待世界与人生，也以一种游戏的态度对待自己的革新试验。例如在《地域》《有》这类作品里，从作品摄取的场面、每个场面的叙事方式、场面之间的关系可以清楚地感觉到一种揶揄的口气，一种半真半假、亦庄亦谐的态度：

这里连小汽车也显得陈旧
有宗教啊宗教才簇新如故
机场的库房一样简朴

在欧洲不古的唯有你呀基督教
现代的欧洲人是您呀教皇庇护十世
你每一个窗口都在注视你
为上午进教堂做祷告而羞愧
……

这里面讽刺调侃的意味显而易见。在《图像诗》里，诗人对现实生活的调侃态度更加频繁地出现在作品中。比如《1915 年 4 月之夜》中有这样的诗句：

德军的炮火散布成繁星满天
在我居住的森林聚会舞步翩翩
机枪奏出三十二音符的乐曲
您可知道这个词
　　对！命中注定的词
放下铁锹快去枪眼快去枪眼

炮弹嘶鸣

请听我们炮弹的歌喉

紫红的爱情接受将死的人致敬

战争是怪物，而男女之爱在诗人心里也是神秘莫测的，诗人在战壕里听着炮弹嘶叫，看着夜色中飞曳的枪火，想到死亡，想到不再有爱情，心中的恐惧和悲苦可想而知。但是诗人并没有显出半点悲怆，也没有诅咒，而是用轻松的口气把战争和爱情一起拿来取笑一番。当然，我们可以说，在轻松口气下实际上掩盖着大悲哀，但是阿波利奈之所以成为阿波利奈，主要并不是由于他对人生有大悲哀，而是因为他能以轻松调侃来稀释大悲哀。他心里无疑深埋着悲苦，然而他却又带着笑容说，他的悲苦并不是真的。

从文学的继承性说，阿波利奈与19世纪的诗人洛特雷阿蒙、兰波一脉相传，但是他不像洛特雷阿蒙那样以阴郁的眼光看待世界，也不像兰波那样激愤。兰波曾经痛苦地呼叫："我吞下了一大口毒药。——这个建议应该为它三次祝福——我的五脏六腑在受煎熬。毒酒的药力叫我四肢扭曲，五官变形，周身瘫软。我口渴得要死，喘不过气来，欲叫无声。这是地狱，永恒的痛苦！看哪，大火熊熊！我也理所当然地烧起来。魔鬼，够了！”阿波利奈也体验过类似的痛苦，在他失恋时，他的边缘感、孤独感会连同失恋的悲伤一起爆发，他的《正在腐烂的法师》就表达了一种身陷地狱般的悲苦。这首散文体与诗体相间的叙事抒情诗取材于中世纪的传说，仙女维瓦纳引诱法师麦尔兰泄露具有魔力的咒语，然后念动咒语，把麦尔兰引进墓穴，让他慢慢死亡。这是阿波利奈内心痛苦的写照。诗歌中的描写怪诞诡谲，色彩斑驳陆离，运用了大量奇异的隐喻和象征，与兰波、洛特雷阿蒙作品一脉相承。但是，阿波利奈在痛苦中仍然怀着幽默感，而不是撕心裂肺地呼号。虽然麦尔兰的语声实际上是阿波利奈自己的语声，在麦尔兰身上阿波利奈寄托了自己的苦闷，但是他并没有把麦尔兰的境遇写得凄凄厉厉，相反，他的描写中多多少少含有一种的超然的态度，游戏的态度，就像《地域》里诗人超然于“你”的境遇之外一样。

阿波利奈的这种态度，在法国过去的诗歌中也能够看到，但是那只是偶然出现，而在阿波利奈，则成了他认识人生、面对人生问题的基本态度。就法国而言，历史上与阿波利奈相近的诗人大概只有中世纪的维庸，而这正可以说明为什么维庸到了20世纪受到了特别的关注。实际上，嘲笑和自嘲成为20世纪部分法国现代主义文学的特征之一。这部分文学作品的创作者大都像阿波利奈一样接近社会下层，或者生活在社会下层，生活阅历丰富、复杂。他们与另一部分学者型的现代主义作家不同，后者往往表现出书卷气、书斋气，欣赏贵族风范或者所谓高品位，而前者往往有意识地以自己的边缘性与主流社会对抗，对主流社会投以鄙夷的眼光，他们的作品和生活方式都表现出大众化、通俗化的特点，显示出民间色彩。但是，他们又明确意识到边缘性造成自己与主流社会之间难以跨越的距离，而这种距离又是他们成功的巨大障碍，因此他们在嘲笑主流社会的同时也嘲笑自己的边缘处境。这样，他们对现存秩序的反抗就既不是深思熟虑的批判，也不是义正词严的讨伐，而是半真半假、亦真亦假，在不经意不当真中间隐约地表现出现实给予他们的尖锐的不适感。

正因为如此，他们对生活与世界的调侃和“并不当真”的态度同时也包含着对文学传统的嘲讽和否定。他们的目标针对文学的“艺术性”，针对传统文学的“高雅品位”。开先河者的是兰波，阿波利奈则继承了兰波的思想，并且影响了同时代人和以后的几代作家。

在阿波利奈之前，文学上的革新者不乏其人，每个时代都有其先行者，但是历史上多数改革者对文学的传承从根本上说是持肯定意见的。所谓“从根本上说”，是指他们都赞成诗（推而广之整个文学）必须具备相对固定的审美价值，必须“艺术”，必须有一定的品位。他们要“颠覆”的是某种具体的艺术原则、规则、模式，而不是文学作为“艺术”存在的价值。法国文学史上第一个对文学存在的这种基本价值表示轻蔑的是兰波。他在著名的论通灵者的信里说：“如果那些老傻瓜从‘我’中找到的只是一些虚假的意义，我们难道不应该扫除这些数以万计的朽骨吗？他们从古至今用他们浅薄的智慧堆积起这些作品，还有脸宣布他们就是作者。”诚然，兰波肯定了或在一定程度上肯定了某些诗人，但是，首先，他肯定的诗人为数极少，其次，即使对如今被看作现代主义奠基人的波德莱尔，兰波也在肯定他是“第一个通灵者、诗圣、真神”之后，指责他“生活在一个过分艺术的氛围里”。这个批评，看似轻描淡写，却带有根本的性质，因为所谓“过分艺术”，是批评波德莱尔依然太注重作品的艺术性。撇开这个问题上的是非暂且不论，应该承认，兰波指出了一个事实，即从古希腊到兰波生活的时代，诗作为一种高雅的精神活动，已经形成了比较固定的审美观和与这种审美观相联系的艺术价值观。兰波所要做的，就是超越传统，抛弃这种审美观，抛弃“艺术”。他的《地狱一季》《彩画集》，尤其是像《僧袍下的心》这样的作品，明确显示了这样一种决心。毫无疑问，从文学演变的历史说，兰波要抛弃的实际上不是艺术，而是传统的艺术价值观，他在否定传统的艺术价值观的同时，实际上提出了自己的艺术价值观。而问题的关键恰恰在这里。兰波与波德莱尔一个重要区别就是，波德莱尔自觉不自觉地主张艺术传统的连续性，仍旧把诗看作高雅的精神活动，而兰波则有意识地拒绝这种连续性，要让诗走出高雅的殿堂。波德莱尔虽然史无前例地为诗提出了“从恶中提炼美”的使命，但是读一读他的诗评、画评，就可发现他在精神上与“艺术”、与传统审美观有千丝万缕的联系。兰波则不同。如果说他最早创作的诗歌还多少维系着与“艺术”的关联，那么到1871年他写论通灵者的信的时候，他的叛逆精神爆发了，传统的艺术观在他看来一钱不值。他别出心裁地提出“诗人应该成为通灵者”，显然是想用“通灵”这样一种带有浓厚神秘色彩的概念将艺术、艺术性、艺术家等传统概念挤出诗歌领域。他在《地狱一季·谵言二》里这样说：“我喜爱笨拙的画、门楣画、江湖艺人的布景画、招牌、民间插图、过时的文学作品、教会的拉丁语、拼写混乱的色情书、老祖宗的传奇故事、童话、儿童读物、老歌剧、傻里傻气的叠句、幼稚的韵脚。”从逻辑上追究，这里的列举是混乱的，未经世事的青年故作夸张之词的倾向也显而易见，然而有一点毋庸置疑，那就是从这个列举中不难看出，兰波醉心于朴素的、稚拙的、民间的作品，痛恨“陈词滥调的诗”。这里，“朴素、稚拙、民间”是他用来反对“艺术”，反对所谓“高雅”品位的法宝，祭起这个法宝，是他抛弃“艺术”之后，在他的社会地位和社会环境里唯一可能的选择。

阿波利奈出于自己的边缘地位，也出于他对艺术的理解，继承了兰波的立场，自觉地与传统艺术标准拉开距离。他尽管也写过不少传统风格的诗，但是他的平民意识使他更倾向于平民的风格、通俗的表达、平易通晓的语言。他的创新试验，针对的正是传统文学高雅的艺术趣味，也就是说，针对的正是兰波所指责波德莱尔的“过分艺术”。他的“同步诗”也好，“谈话诗”也好，“图像诗”也好，都竭力突破旧的审美习惯，有意识地把大众的东西放到诗歌里，使他的诗歌与传统的诗歌完全不同，而且成为对传统诗歌的一种嘲讽。他的《图像诗》中的许多作品，如在《匕首刺中的鸽子》《语言之桥》《听听下不下雨》等诗篇中，图像化或半图像化的形式，除却大胆的试验意图之外，还显然有意将实验推向极端，嘲笑传统诗歌美学的拘泥和呆板。内中《无知》这首诗值得我们注意。这首诗以神话人物，制造蜡翅携父亲逃离迷宫的伊卡罗斯、牧人和船工三个人的独白组成。伊卡罗斯的形象比较复杂，他似乎象征着诗人大胆的创新追求，但是在牧人与船工机警、具有嘲笑意味独白的反衬下，又暴露出一种自命不凡、沾沾自喜的贵族气味。牧人说：

如果显圣的是位垂死的神
祈求他不要坠落在我们的山谷

船工说：

赤手裸体的神坠入大海
他要被冲上岛屿，如同溺水的人
渐渐腐烂并面朝光辉的太阳
在伊奥尼亚的天空下双翼脱落

平民身份的牧人和船工与贵族身份的伊卡罗斯对事物的理解差距何等大啊！伊卡罗斯沾沾自喜的东西，在牧人和船工朴实的生活观里完全没有位置，他们嘲笑的口吻是否是阿波利奈的平民意识和平民艺术观不经意的表达呢？

总之，作为20世纪法国现代主义诗歌的开拓者，阿波利奈在诗歌形式上做了空前大胆的革新，这些革新无疑具有颠覆传统的意义，但是，应该说，他的作品的现代主义性质并不主要表现在形式的革新上。在阿波利奈留给后人的遗产中，对后人影响最深的，特别是直接影响了超现实主义诗人的，不是他在诗歌形式上的实验，而是他作品中蕴涵的现代意识。对批评家雷蒙“新诗之源”的说法，似乎应该从这个角度来理解。

——2000年于北大燕北园（本文为读书笔记，未发表）

浅论司汤达的《巴马修道院》

一

法国作家司汤达的小说在中国,《红与黑》有口皆碑，而《巴马修道院》的名字则不那么响亮。其中的原因有很多，其中一个显而易见的原因是，从司汤达作品在中国的接受情况说,《巴马修道院》的译介相对《红与黑》要冷清许多。《红与黑》与《巴马修道院》的首次译介差不多同时。赵瑞蕻先生的《红与黑》作为第一个译本，最初发表于 1944 年[①]。1949 年又有后来一度很流行的罗玉君先生的译本问世。至于《巴马修道院》，则有徐迟先生的译本，1948 年出版，书名定为《帕尔玛宫闱秘史》。然而此后这两本书在中国的命运，反差就很明显了。《红与黑》一热再热，20 世纪 50 至 70 年代，罗玉君先生的译本多次再版，70 年代以后，更是出现了翻译《红与黑》的狂潮，先后出现译本达数十种之多，令人目不暇接。与翻译同步,《红与黑》的研究很早就成为外

① 成书出版则是在战后了。

国文学中的“红学”（这本书的研究与评论曾一度带有浓厚的政治色彩，尤其是1957年政治风浪后，它与《约翰·克利斯朵夫》一起被批判为教唆个人奋斗的大毒草。不过，从后来的效果看，这种政治批判实际上扩大了这部小说的影响，起码极大地提高了它的知名度）。《巴马修道院》则没有这般幸运，不但在很长时间里没有新译本问世，连徐迟先生的旧译也未见再版。70年代后，译本似乎也不多，笔者只见到上海译文版的本子，译者是著名翻译家郝运先生。对这部作品的研究当然也就单薄得很，与《红与黑》的研究规模远不可等量齐观。

其实，无论从作者自己对作品的评价来说，还是从历史的评价来说，《巴马修道院》之重要丝毫不逊于《红与黑》。《巴马修道院》1839年由巴黎市昂布鲁瓦兹·杜蓬出版社出版。翌年9月25日，巴黎《两世界评论》发表了巴尔扎克的长篇评论《贝尔先生研究》。据巴尔扎克文章称，《巴马修道院》发表后“没有一位记者报道、理解、研究、分析、称赞，甚至连暗示的话都没有”。换句话说，媒体是一片沉寂。这对作者来说无疑是巨大的悲哀，比遭到批评和攻击更令人沮丧。巴尔扎克对作品遭受的令人费解的冷遇深感不平，于是不顾可能遭到的种种误解与攻讦，以自己在文学界的声望为小说“正名”。巴尔扎克称赞《巴马修道院》“章章闪耀着精美之光”，是“一部只有真正杰出的心灵和认识才能欣赏的作品”。他在赞扬小说“美不胜收”的同时，也对小说的结构等问题提出了批评意见。司汤达读到巴尔扎克的文章，立刻写信给巴尔扎克，对他的赞扬表示感激，对他的批评则委婉地表达了自己的看法，同时坚定地表示，百年之后，现在很红的一些作家将被遗忘，而现在很落寞的《巴马修道院》将会受到公众的欢迎。这不由得令人想起他谈到《红与黑》时曾经说过的话：“到1880年前后我将被人理解。”事实上，自从19世纪末的哲学家、批评家泰纳肯定了司汤达的文学成就之后，《巴马修道院》一直受到文学史家和批评家的高度评价。著名学者朗松编写的那本堪称经典的《法国文学史》从司汤达诸多作品中挑出了两部，推为杰作，这两部作品就是《红与黑》与《巴马修道院》。该书还把创作时间晚于《红与黑》的《巴马修道院》放在前面论述，《巴马修道院》在编著者心目中地位，由此可见一斑。对司汤达作品的这种基本评断，得到后世多数学者的认同。例如司汤达与巴尔扎克的研究专家巴尔戴施在他的《小说家司汤达》中认为，《巴马修道院》标志着司汤达“超越”了《红与黑》等作品所取得的成就，在小说创作上“获得了自由”，从这个意义说，《巴马修道院》是司汤达“创作历程的终点”。再如，当代美国哲学家M.亨利主编的《西方世界名著》，司汤达的作品选了三种，除去论著《情爱论》，另外两种就是《红与黑》与《巴马修道院》。

司汤达一生勤勉，笔耕不辍，创作的长篇小说不可谓不多，然而有一个现象很有意思，那就是司汤达生前真正完成的长篇并不多，仅三部，即《红与黑》《巴马修道院》以及司汤达的第一部小说《阿尔芒斯》。除却这三部，其他长篇作品都没有完成。描写一个出身大资产阶级的青年在外省和巴黎生活经历的《吕西安·勒万》虽然接近杀青，却没有收尾，也没有得到最后的修改润色。自传体小说《亨利·布吕拉尔传》中途辍笔。与作家著名的意大利题材系列作品相关的《粉红与绿》残缺更多。唯一以女性为主人公的长篇小说《拉米埃尔》两次动笔，又两次搁笔，最终未能完成。司汤达还留下了许多中短篇小说遗稿，其中不乏具有长篇潜质的作品，可惜有的未及展开，有的更只能算是初步构想。

一个赫赫有名的小说家，竟有半数以上的小说作品停留在未完成乃至构思阶段，这在文学史上相当罕见，难怪引起了研究者的广泛注意。法国著名文学理论家杰拉尔·热奈特将这个现象称为司汤达小说的“残缺命运”。热奈特说：“未完成的作品在司汤达的作品中占有非常可观的比重。像《亨利·布吕拉尔传》《吕西安·勒万》《拉米埃尔》《自我主义者回忆录》这些重要的作品都在写作中途放弃了，有如流水淌进沙漠，消失其中。这样的作品还有《拿破仑传》、小说《社会地位》的初稿、好几部中短篇，其中包括《粉红与绿》——这部作品吸取了《米娜·德·法舍尔》的材料，本该写成一部长篇。如果再加上《巴马修道院》仓促的结尾、《绘画史》和《旅行者回忆录》的出版突然中断或压缩，那么说司汤达的作品从根本上说有一种残缺的命运，大概并不为过。”

究竟是什么原因造成了司汤达小说这种“根本上的残缺命运”呢？是作者缺乏才气吗？显然不是。《红与黑》从构思到完成，不到一年；《巴马修道院》可称卷帙浩繁，实际写作时间却只用了52天。即便在“下笔千言，倚马可待”的快手，例如巴尔扎克看来，也要叹为神速了。既然如此，何以会有如此多的作品不了了之，情节刚入高潮便戛然而止，甚至刚刚开篇便“偃旗息鼓”？毫无疑问，作家突然去世是一个重要原因，正当司汤达处于创作巅峰的时候，脑溢血夺去了他的生命，使他的一切写作计划，无论是构思新书，还是改写续写旧稿，都化为泡影。然而突然去世的作家并不在少数，仅就19世纪法国小说家来说，就有巴尔扎克、左拉这样的顶级人物，但是他们的作品并没有“根本的残缺命运”。所以不能把残缺现象完全归因于突然病逝，此外还有一个因素是不可忽视的，那就是司汤达的个性。了解这一点很重要，它不但可以帮助我们理解司汤达作品为何有这种奇怪的“残缺命运”，而且可以为我们阅读司汤达的作品开启一扇窗户，放我们的目光进入作品深处。

司汤达是一个非常感情化的人，一个非常感性化的人。尽管他是18世纪启蒙思想的信徒，把理性与科学看得高于一切，但是他骨子里却是一个感觉论者。鲜活的感觉，冲动的情绪，内心深处的激情，较之理性与理智，较之科学与逻辑，对他更具吸引力。他善于观察，有判断力，也不乏精辟独到的见解，但是对事物做深刻的分析和严密的思考，对未来进行精细的预测和设计，并非他所长。他听从的，往往是心灵的声音。尽管从他的小说里不时看到孔狄亚克式的论断，感觉到伏尔泰式的嘲讽，但是他在性情上也许更接近卢梭，而不是孔狄亚克或者伏尔泰。他感情充沛，感觉敏锐，而且心地质朴，整个一性情中人，喜欢以感觉接物，凭感情用事，这都与卢梭很接近。只有一点，他不喜欢白日梦似的遐想，这是与卢梭相左的。巴尔扎克说司汤达属于那种“喜爱速度、运动、简洁、冲突、行为、戏剧性，不喜欢议论，不欣赏梦想”的作家，可以说是知人之论。司汤达的个性化入了他作品中几乎所有的重要人物。法国批评家让－皮埃尔·理查尔说，司汤达笔下的人物都是那种“一切从感觉开始”的人。这些人物“一切从感觉开始。在接触事物之前，预先没有任何天赋观念、内心感觉、道德意识存在。司汤达的主人公面对世界，裸如赤子，不带任何成见，与上帝造物后头一天早上的人样子差不多”。

司汤达的个性不但化入了他塑造的人物，而且化入了他的写作方法，从而形成了他高度感性化写作的特点。司汤达写作首先凭的是情感与感觉，而不是理解、判断等智性因素。他不习惯于对小说进行通盘的思考与全面的酝酿、架构之后再动笔，他要么索性不拟提纲，要么即使拟了提纲，也十分简单，显然是担心过分理智的思考会抵消他的感觉力和想象力。这可以从司汤达自己的话得到印证。他在《吕西安·勒万》底稿的旁注中写道：“事先拟定提纲让我麻木。”司汤达的写作方式很接近他的旅行方式，他在《罗马漫步》中曾经表示“没有计划”，“完全听从一时冲动”的旅行最合他的口味。这很自然地让我们联想到另一位高度感性化的作家——16世纪的蒙田。无论旅行或写作，蒙田也是不喜欢事先拟定计划，而是凭兴之所至，信步走去或信笔写去。当然，司汤达写的是小说，毕竟不能完全像蒙田写随笔那样纵横恣肆，但是，正是这种没有周密的计划，“完全听从一时的冲动”的写作策略（其实“策略”两个字对司汤达并不合适，因为这在他是本能，而不是精心的筹划），决定了他有了感觉便动笔，而一旦“一时的冲动”消失，写作就戛然而止，有时甚至是令人遗憾的终止。巴尔戴施在《小说家司汤达》里介绍了司汤达 1838 年底完成《巴马修道院》之后半年中的写作，他是这么说的：1839 年新年伊始，司汤达创作了《科斯特罗女修道院院长》，小说完成，交付《两世界评论》发表后，着手写作中篇《苏约拉·斯考拉斯蒂卡》，未竟（三年后再写，仍未竟）；重写以巴亚诺修道院为素材的一部旧稿，未竟；4 月，写《圣-伊斯米埃骑士》，未竟；5 月，写《拉米埃尔》，未竟；不久转而写中篇《费德》，也未竟。从这个简单的时间表，我们可以清晰地感觉到司汤达写作的个性气息。

二

20 世纪后期，结构主义文学批评竭力主张文学研究把注意力倾注于文本的结构分析，因为文本一旦生成，便是一个自足的符号体系，对它的认识应该从其自身的结构出发，无需关注作家主体的状况，如生平、个性、感情、思想等。这种曾经风行一时的观点后来受到了质疑，因为作品是作家意识的载体，割断作品与作家主体的联系，实际上是想用所谓的“客观”“科学”的态度取代人文态度，这对文学研究未见得是一条康庄大道。当然，作品与作家主体的联系随不同的作家而有程度差异，有的作家的创作与个人的经历、个人的内心世界、个人的生活方式以及个人生存状态的联系紧密相连，有的则若即若离；有的明若烛火，有的则晦暗幽曲。司汤达高度感性化并具有强烈自我意识的写作方式说明他正属于那种个人的主体生存状态、生存经验与作品丝丝相扣、息息相通的作家。

这一点首先反映在他经常将自我的情感、自我的经验和经历大量投射到作品中。非但自传体小说《亨利·布吕拉尔传》是如此，其他叙事作品也都包含了大量的亲身经验和感受。例如《红与黑》的于连和《巴马修道院》的法布里斯都有一个专横、令人反感的父亲，这显然是司汤达少年时代与父亲紧张关系的再现。又如《吕西安·勒万》中，吕西安与大使夫人的恋情来自司汤达本人在西菲塔–维切亚领事任上与大使夫人的一段暧昧关系。诸如此类的例子不胜枚举，司汤达研究者们早已做了大量翔实的考证，这里不详细介绍。我们要指出的是，在司汤达的创作中，自我在作品中的投射，不仅仅是自我经历或经验的移植，更重要的乃是作者个人对世界的感受和认知的再现，是作者个人生存状态的再现。在这方面，司汤达的小说是很有代表性的。司汤达在塑造吕西安·勒万这个人物时，在手稿页边写道："模特儿——多米尼克自己。啊，多米尼克自己！"这个多米尼克不是别人，正是司汤达本人，是他为自己起的诸多别名、笔名中的一个。如此直截了当地宣布把自己作为小说主人公的模特儿，这在小说家中并不多见，可见司汤达进入创作状态后，观照自我，体验自我，成为他的一个重要创作审美需要。

读司汤达的小说，人们往往有一种感觉，几部小说的主人公，《红与黑》的于连，《巴马修道院》的法布里斯，《吕西安·勒万》的吕西安，面貌有些相近，有时竟仿佛孪生兄弟。其实，这几个人物的生活环境和生活条件相差十万八千里。于连出身下层手工业者家庭，生活贫困，父亲没有文化，粗暴贪婪；法布里斯出身上层贵族家庭，虽然没有继承权，却衣食无忧，虽然得不到父爱，却受到母亲、姑母、姐姐的溺爱；吕西安的家庭是富有的大银行家，母亲温柔体贴，父亲则不遗余力地为他进入上流社会创造条件。他们选择的生活道路，他们的生活经历，更是各不相同。就性格而言，这三个人物也有很大差异，简言之，于连多疑，法布里斯热情，吕西安简单。既然如此，我们何以会感到他们彼此互为影像呢？表面层次的解释是，三人都是英俊少年，富于才智，对女人都具有独特的吸引力，而且事实上他们的确都曾卷入多个爱情旋涡。不过这个解释虽然有一定的道理，却没有抓住事情的本质，应该做更深层次的挖掘。这里，法国两位19世纪文学专家米尔纳与皮什瓦的观点对我们很有启发，他们认为："于连、吕西安、法布里斯之所以相似，主要不是因为他们的性格，他们的性格其实存在很大差异。他们相似，是因为他们面对问题的态度。在一个充斥着怯懦和虚伪的世界上，怎样才能具有某种价值？怎样才能凭借这个价值而无愧于一个蔑视或无视社会评价的人的爱情？怎样才能做到既有一颗伟大的灵魂，又是一个幸福的人？对司汤达来说，这是生存的核心问题。"两位专家提出了一个十分重要的问题，不仅揭示了这三个人物彼此相似的深层原因，而且触及了司汤达小说创作的一个根本特点，即司汤达笔下的人物，体现了他本人回答"生存核心问题"的方式，是他通过艺术手段对自己的生存状态和生存方式所进行的一种体验，是对如何既活得幸福又不丧失个人尊严这个重大人生课题的思索。

司汤达在1832年发表的《自我主义者回忆录》中问道："我曾是怎样一个人？""我现在是怎样一个人？"类似的问题他后来又在不同的场合，用不同的方式多次提出来。这种对自我价值、自我地位、自我生存状态的丰富性和可能性，以及在这种状态下寻求幸福的可能性、途径和过程的强烈关注，构成了司汤达创作的支撑点。这个支撑点，用司汤达喜爱的一个词来表达，就是egotisme。这个词是向英语借来的，按法语词典的解释，第一层语义是“自我夸大的情感，喜欢谈论自我，崇拜自我”，另一层语义是“司汤达用语，指作家对自己人格的分析”。所以这个词有人译作“自我分析”。这个译法不能说不对，但是容易误导读者，使读者以为egotisme是一种理性的分析活动，并联想到心理分析和精神分析。其实正如这个词的基本语义所显示的那样，它是一种情感，而司汤达正是在情感层次上使用这个词的。为了避免误解，笔者以为将egotisme译作“自我主义”或许更为确切。

司汤达重要作品的主人公，于连、法布里斯、吕西安，读者之所以感觉他们面貌相似，就是因为他们都是自我主义者。他们虽然性格不同，生活环境不同，生活经历不同，但是在具有强烈的自我意识、执着于自我体验与自我观照上却如出一辙。这一点，读过《红与黑》的读者一定有体会，阅读完这本书时也一定会留下深刻印象，这里无需多言。我们想强调指出的是司汤达小说人物自我主义的一个重要特点，即“表现”与“掩饰”这一对矛盾。司汤达笔下的这些自我主义者一方面沉湎于“自我夸大的情感，喜欢谈论自我，崇拜自我”，他们在自我感情与感觉的体验中膨胀，有时候会采取相当夸张的形式谈论自己或者表现自己，例如于连夜闯德·莱纳尔夫人的卧室，爬梯子进入马蒂尔德小姐的房间；又如法布里斯的滑铁卢之行，他与自己并不爱的女艺人小马丽埃塔、弗斯塔调情等等。另一方面，他们又无时无刻不在有意无意地掩饰自己，生怕他人发现他们的真实自我，而且他们表现自我往往正是为了掩饰真实的自我。杰拉尔·热奈特说：“自我主义的悖论在于，以最不加掩饰、最不顾廉耻的方式谈论自己，却可能是掩饰自我的最好办法。这个词从任何一个意义上说，都是一种躲闪。”所谓躲闪，就是掩饰，就是回避，就是逃避别人的目光。瑞士著名文学批评家让·斯塔罗宾斯基对此也有论述。他说，自我主义者期望，他人面对他，却不知道他是什么人，最令自我主义者沾沾自喜的是“我并不在你想发现我的地方”。

自我主义这个悖论构成了司汤达小说人物的一个重要特征。一方面，审视、体验、表现自身的经验以及经验感受，构成他们生存方式与生活价值的基石，另一方面，他们最不情愿、最害怕的是他人的目光深入到他们的自我经验和经验感受中，换句话说，他们害怕自我的真实被他人的目光穿透。因此，他们在表现自我的时候，往往刻意回避他人的审视。以本书主人公法布里斯到滑铁卢参战的一章为例。滑铁卢是法布里斯人生的起点，他抛开舒适安逸的生活，只身闯入烽火连天的滑铁卢战场。值得玩味的是，他还未到滑铁卢，便不得不以“另一个人”的面目出现在他人面前，也就是说，他戴着假面踏上了生活的征程。这个假面是一套法国轻骑兵制服。法布里斯穿上制服，骑上一匹买来的骏马，操起不熟练的法语，混入了奈伊元帅的卫队，他真实的自我便隐藏起来。这样便出现了小说最精彩，也是最为评论者津津乐道的关于滑铁卢战役的描写。从小说叙事学的角度说，这一段描写采用了内聚焦的叙事技巧，把关于战役的描写限制在主人公法布里斯个人的感觉（主要是视觉）范畴之内，与当时许多作家习惯采用的全知全能式的宏大描写形成了强烈的反差。通过法布里斯的所见所闻，以及他对这些见闻的直觉反应，揭示了主人公的精神世界，叙事与心理分析融合得天衣无缝。从作家主体投射的角度说，法布里斯的心理活动恰恰是司汤达主张的自我主义的典型反映。法布里斯全神贯注于自我的种种新鲜感受，表现了一个自我主义者的生存态度。我们看到，法布里斯对周围实际发生的事情，具体说就是对关系到拿破仑、法国乃至整个欧洲命运的滑铁卢战役的进展和结果几乎毫不关心，尽管周围炮火纷飞，他却完全沉浸在自我的感觉与体验之中。正因为如此，他对英国士兵（红军装）的死，不像其他法国轻骑兵那样兴奋，对法国轻骑兵的死，他也不感到悲哀沮丧，他只是注意到有人短促地叫了一声（这里，小说的叙事手法表现出了高超的技巧）。身临历史性的决战，当着法国军队和英国军队即将开始其结果将会改变欧洲命运的铁与火的撞击的时候，唯一让这位意大利青年感兴趣的是法国统帅奈伊元帅的脸，而这张脸之所以引起他的注意，是因为“他发现元帅的头发是纯金黄色的，衬着一张通红的大脸。法布里斯心里说，我们意大利就看不到这样的脸。他又难过地想，我的脸那么白，头发又是栗色的，一辈子也甭想像他那样了。对于他，这些话的意思就是说一辈子成不了英雄”。

与此同时，法布里斯又随时随地小心翼翼扮演着与自己毫不相干的角色。他是意大利人，却要装作法国人；头一次见到战争场面，却要装作老兵；法语不熟练，却要费力拼凑地道的法语句子。凡此种种表现，都自觉不自觉地在掩饰真实的自我。所以，当他发现所有的轻骑兵都在注视他的时候，他人关注的目光立刻使他感到很“窘迫”，“脸发烧”。这不是一般的腼腆，而是自我主义者害怕自我被他人窥伺的本能反应。

这就是司汤达笔下的主人公。他们沉湎于自我，同时对外界又十分敏感，甚至敏感过度，不管他人是否真有窥探他们内心世界的企图，他们都会迅速做出反应，并立刻将自我包裹起来，像蜗牛的触角一碰到什么东西立刻躲进坚硬的壳中一样。自我主义者心理上的这种悖论在《红与黑》的主人公于连身上已经有充分的表现，它是于连矛盾复杂的心理与性格的根源。在《巴马修道院》的主人公法布里斯身上，这种心理悖论也有种种表现，不过法布里斯与于连不同，如果说于连是以自己精心设计的言行包藏自己的话，那么法布里斯则是一直生活在主动或被动选择的各种假身份之中。从滑铁卢战场上的法国轻骑兵，直到他生命最后几年中“圣徒”的假名声和主教的黑衣，这些都成了他的外衣、假面。在这些外衣与假面下，他一方面几乎以全部心智注视自我，有时还自觉不自觉地张扬自我，另一方面又包藏自我，逃避躲闪。他真实的内心体验，除了克莱利亚（也许还应该除去布拉奈斯神甫），对任何人都是秘密，连他最亲密的朋友，姑母桑塞维利纳公爵夫人也是雾里看花，一知半解。

法布里斯与于连不同，大贵族出身和闲逸的生活使他缺乏于连的意志力，因为于连所追求的他已经拥有。所以，虽然他不乏勇气，却不像于连那样主动进取。让－皮埃尔·理查尔指出，司汤达小说中的人物为了逃避他人审视的目光，“为了让他人看见另外一个形象，或者对赋予自己的任何一种形象加以拒绝，他不是靠虚伪，就是靠羞怯”。于连逃避他人目光的主要方法是“虚伪”，就是说，通过“坚持不懈的努力，让行动之前便设计好的谎言不被戳穿，全部言行都是企图周密地抵御别人探究的目光”。这种努力绝非法布里斯之所长。法布里斯的生活有一半由别人（桑塞维利纳公爵夫人和莫斯卡伯爵）在安排，对于这样一个在很长的时间里不谙世事的自我主义者，要求他像于连那样靠精心的算计和筹划来掩饰自己是不可能的，因而对法布里斯来说，假身份、假名、假面几乎成为逃避“他人探究目光”所必需。从这个角度说，小说第十三章法布里斯被情敌劫持游街的情节具有象征意味。在几十个火把的簇拥下，他被高高地抬在轿子上穿过大街小巷，这是何等张扬。然而围观的市民并不知道轿子上抬的是谁，而劫持他的人则以为他是“王子殿下”。这个情节可以说是法布里斯一生的写照。在小说里，法布里斯多次使用假身份和假姓名。滑铁卢一节不必再说，去滑铁卢的路上，他用的是商人瓦西的护照，从滑铁卢回来之后，从格里安塔去米兰，他冒充皮埃特拉内拉的儿子，而且冒用他哥哥的名字。他隐姓埋名向歌唱演员弗斯塔献殷勤，弗斯塔与弗斯塔的情人M伯爵为弄清他的真实身份煞费了苦心。他避难在博洛尼亚，公爵夫人和莫斯卡伯爵给他送来了正式的身份证明，然而其中所有的身份说明都是假的。更有意思的是，法布里斯还曾冒名顶替，假扮刚刚死于自己刀下的艺人吉莱蒂。在种种假名与假面的保护下，法布里斯关注着自己的内心世界。他站在布道的讲坛上，动情地向崇拜他的信徒宣教基督教义，信徒们以为他为宗教情感所激动，也有人以为他暗恋着富商的女儿安奈塔·马利尼，实际上他正沉溺于对克莱丽亚的思念中。反过来，当他与克莱丽亚单独相会，能够真正敞开心扉的时候，他却只能隐去自己的真实面孔——克莱丽亚要求他们必须在黑暗中相见。外在和内心的分裂与对立，这似乎是自我主义者的悲剧。

三

说到假名，我们不能不又回来谈司汤达。司汤达本人就有别名癖、假名癖。他使用过的别名、笔名超过百个。让·斯塔罗宾斯基在论及司汤达的假名癖时说，司汤达使用假名，是“对属于贝尔家族的”的拒绝①，而且“给自己起一个新名字，非但赋予了自己新面孔，而且赋予了自己新命

① 司汤达原名玛利－亨利·贝尔。

运，新的社会地位，新的祖国。……有的假名是德国名字，例如司汤达便是一个德国城市的名字。同时，幸福又只能在意大利寻找，年轻的亨利·贝尔凭借想象为母亲的家庭设计了意大利谱系。他热爱的母亲不可能属于格勒诺布尔[①]，按他的回忆，母亲的家乡应该是风景秀丽、气候炎热的伦巴第。所以，司汤达每次出国旅行，都有回归自己的世界的感觉，他喜欢生活在国外，就好比他喜欢以其他名字生活一样。爱好旅行，喜欢游荡，对司汤达来说，和他喜欢使用假名可以相提并论”。

让·斯塔罗宾斯基说，使用假名是要割断“家族的根”，也是要割断“社会的根”。司汤达对意大利的向往，不但是对贝尔家族的拒绝，而且是对法国社会的拒绝。早在1812年8月，司汤达在给友人费力兹·弗尔的信里就说过：“自从我见过米兰和意大利以后，我看到的一切都粗俗得叫我厌恶……”他说自己好像置身于泥沼之中，一切荣誉对他来说都毫无意义。1814年拿破仑失败，波旁王朝复辟，巴黎上流社会弥漫着矫揉造作、虚伪浮华的空气，对法国社会现状的不满越发拉大了司汤达与法国社会的距离，他在《罗马、那不勒斯、佛罗伦萨》中宣布：“本书的作者在1814年之后已经不再

① 法国城市，司汤达的出生地。

是法国人。”这个自外于法国的法国人，他需要寻找一个适合自我存在方式的地方，一个能够让他获得“新面貌”的地方，这个地方就是意大利。他说：“我真后悔没有生在意大利。”司汤达死后，墓碑上按他生前多次表达的意愿，铭刻上了“米兰人亨利·司汤达”，可见在司汤达心中，真正的故乡是意大利米兰，而不是他生于斯、长于斯的法国格勒诺布尔市。

《巴马修道院》的主人公法布里斯怀有和司汤达相同的愿望——不过是逆向的。司汤达生于法国，长于法国，却对意大利有更深厚的感情，法布里斯生在意大利的伦巴第，却一心向往法兰西。司汤达在小说中依他一贯简约含蓄的文风，以寥寥数语暗示法布里斯是法国军官罗贝尔中尉的私生子，就是说法布里斯身上有法兰西血脉（正如司汤达希望自己有意大利血脉），为法布里斯的滑铁卢之行做了些许铺垫。此外，小说从一开始便营造了一种政治氛围，并最后落实到法布里斯的一段话：当法布里斯得知拿破仑东山再起的消息的时候，“猛一抬头，只见右边天空中一只鹰在高高翱翔，这是拿破仑的鸟，它威风凛凛，展翅向瑞士方向飞去，也就是朝巴黎飞去。在这一瞬间，我想到，我也要像这鹰一样飞越瑞士，为那位伟人尽绵薄之力，虽然微不足道，却是我的全部力量。他曾经想给我们一个家园，他爱过我姑父。说也奇怪，我还能看见雄鹰的时候，眼泪已经干了。我的主意是天意，证据就是，当时我没有多想就下了决心，而且连怎么走法都有数了。平日里，你是知道的，一股沉闷的空气毁了我的生活，尤其是星期天的生活，现在这股沉闷空气刹那间被一阵清风驱散。德国人把意大利拖入了泥潭，现在我看到伟大的意大利又从污泥中昂首挺立，他向他的君王，他的解放者，伸出伤痕累累、还没有完全挣脱镣铐的双臂。我暗自道，母亲不幸，我这个儿子又一事无成。我要离开这里，与这个命运坎坷的人同生共死。欧洲最低贱、最卑鄙的人都藐视我们意大利人，而这个人却愿意为我们洗刷羞辱”。这段话很有点政治宣言的味道，为法布里斯的行为投上了一层追求自由独立的思想光彩，使读者有理由把他的行为阐释为具有政治意义的英雄壮举。但是，如果我们将这个行为放在人物一生经历的整体中加以细心体察，我们不难发现法布里斯除了因为憎恶父亲而痛恨父亲为之效力的奥地利当局外，并没有任何实实在在的政治信念，他对法国革命和拿破仑也几乎一无所知。滑铁卢战役后他回到意大利，不久到了巴马，面对艾奈斯特四世的专制统治，他表现出一种类似麻木不仁的无所谓态度。诚然，小说用了不少笔墨描写巴马宫廷的政治斗争，后半部还通过费朗泰·帕拉这个人物触及了民众的反抗，但是，有两点我们应该注意。首先，尽管法布里斯被绞进了巴马的政治机器，成为巴马党争的砝码与牺牲品，他自己对此却浑然不觉，或者漠然置之。他身处政治齿轮的挤轧之中，却在自我感觉与自我体验的世外桃源里找到了生存空间。其次，小说着墨最多的党争，反映的是统治集团内部的利益争夺，在党争中扮演重要角色的莫斯卡伯爵与桑塞维利纳公爵夫人是对法布里斯影响最大的人物，他们强烈的贵族意识和反民主倾向明确地限定了巴马党争的政治意义。

法布里斯甘冒杀身之祸，潜出意大利，风尘仆仆跑到巴黎，又匆忙赶赴滑铁卢，归根结底并不是一次政治探险，而是在自我体验中的一次寻找新的自我的尝试，与司汤达“给自己起一个新名字，非但赋予自己新面孔，而且赋予自己新命运，新的社会地位，新的祖国”的愿望殊途同归。法布里斯从滑铁卢回到意大利，法布里斯除了依旧憎恨父亲，而且因为哥哥出卖了他而开始憎恨哥哥之外，并没有任何政治上的觉醒。对拿破仑的命运，对法国军队的命运，都毫不关心，更不用说意大利的未来了，这些在他心中都无足轻重。滑铁卢战役的结果对他来说并不重要，重要的是他可以关在房间里，兴致勃勃地向母亲、姑妈和两个姐姐讲述他的经历。他最关心的问题是，他参加的是不是一场战役，那战役是不是滑铁卢战役，他自己算不算真正上了战场，总之，是一个真正的自我主义者关心的问题。当然，不能否认法布里斯的行为潜含着某种政治意识，但是这种政治意识是很朦胧的，而且这种朦胧的政治意识也很快便烟消云散，化为乌有。滑铁卢之旅虽然是法布里斯生活的起点，但是他经历的并不是一场血与火的考验，而是一次特殊的自我感受的体验。就像司汤达向往意大利是想割断“贝尔家族的根”和“法兰西社会的根”，法布里斯向往法兰西是想割断“台尔·唐戈家族的根”和“意大利社会的根”。对于他，重要的不是政治选择，而是自我的躲闪。

正如斯塔罗宾斯基指出的那样，躲闪与逃避他人“探究的目光”，目的在于获得自我体验的自由。当他锒铛入狱，“验明正身”，被关进高耸入云的法奈兹塔的牢房里，他无须也不可能以假身份出现，但是他却获得了自由，因为这里没有他人的目光，或者准确地说，除了克莱丽娅的目光，再也没有其他人的目光。在这黑暗的高塔之上，随时有生命之虞，他却把一切危险置之度外，在自我体验的自由中品尝爱情带来的新鲜感受。对法布里斯，这便是幸福的极致。

——《巴马修道院》（上海译文出版社，2005 年）译本序

纪德论

法国20世纪著名文学家，1947年诺贝尔文学奖获得者安德烈·纪德（André Gide, 1869—1951）去世已经半个世纪。为了纪念这位伟大的作家，人民文学出版社决定出版《纪德文集》，收入纪德的绝大部分叙事作品，同时花城出版社也出版《纪德文集》，收入纪德的重要散文和杂文。这样，纪德的作品，除早年的诗歌和日记、通信外，基本上全部呈献给了我国读者。南北两家出版社遥相应和，齐心协力，成就了出版界与翻译界的一桩美事。

纪德的名字，我国读者并不陌生。早在1928年，译界的老前辈穆木天先生就翻译出版了《窄门》，这大概是纪德的第一部汉译作品。那时候，纪德还没有获得世界性的声誉，我国的译界就已经注意到他，说明新文化运动兴起之后，译界对西方文学跟踪紧密，感觉敏锐。以后，二十世纪三四十年代，我国又陆续翻译出版了《太太学堂》（当时译作《少女的梦》《妇人学校》《女性的风格》等）、《大地食粮》（当时译作

《地粮》)、《人间食粮续篇》(当时译作《新的粮食》)、《伪币犯》、《田园交响曲》等，这些都是纪德的代表作，足见纪德作品在我国的翻译，不但起步早，而且成就斐然。不过，后来由于历史和政治原因，纪德的名字在我国一度湮没不闻，以致有人误以为纪德作品的翻译介绍是晚近的事，殊不知20世纪法国著名作家中，他是最早便有作品译介到我国来的一位。

纪德的文学生涯起于19世纪末，止于20世纪40年代，这个时期，恰逢欧洲文学经历深刻的转型。源起于19世纪中后期的现代主义思潮，在第一次世界大战前后汇聚成一股汹涌的潮流，欧洲各国都出现了一批以创造现代文学为己任的作家，例如英国的弗吉尼亚·伍尔夫、德国的恩斯特·托勒尔、意大利的马里内蒂等等，而在法国，文学改革的势头尤其显得强劲，出现了普鲁斯特的划时代小说《追忆似水年华》，出现了超现实主义文化运动，出现了以克洛代尔和瓦雷里为代表的后期象征主义诗歌。此外，马尔罗、莫里亚克、季奥诺等著名作家也都以各自的方式探索文学改革之路。在这场轰轰烈烈的创造现代文学的热潮中，纪德的名字分外引人瞩目，犹如一颗巨大的恒星，放射出夺目的光辉。他与同时期的普鲁斯特一道，成为20世纪法国第一次小说革命的伟大奠基者。

按照一般人的想象，一个诺贝尔文学奖获得者，他的作品即便不是销售量达数十万册、上百万册的畅销书，至少也应该深受公众欢迎，赞美之声不绝于耳才对。然而纪德的许多作品，包括《背德者》《梵蒂冈的地窖》这些代表作，初版时印数都极其有限，不少是作者自费出版，出版后又遭遇“万马齐喑究可哀”的尴尬局面。纪德曾经喟叹作品发表后“非但没有评论，连提都没有人提”。原因何在？纪德自己认为：“包围我的沉默是我自己造成的，哪一个批评家我都没有给他赠书。”照评论界尤其报刊评论的规矩，纪德不赠书的做法不免会被看作“孤高骄矜”，作为报复，评论界和报刊回之以置若罔闻，倒也是理所当然。不过，大而言之社会，小而言之批评界，对纪德其人和他的作品颇多保留，无疑也是导致“沉默”的重要因素。实际上，就连纪德的一些朋友对他的作品也不敢恭维。在相当长的一段时间里，纪德被看作文学的“颠覆者”，更糟糕的是还背上了道德“颠覆者”的恶名。这种双重“颠覆者”的身份一度曾使他很有点“声名狼藉”，有人嘲笑他的作品形式上不伦不类，有人声色俱厉地谴责他伤风败俗，当然也有人双管齐下，从两个方面否定他、打击他。如今，纪德作为伟大作家的地位已经毋庸置疑，历史已经下了结论，但是对他在小说革命方面所做的试验性探索究竟应该如何评价，仍旧是可以讨论的问题，而他对传统思想道德的叛逆和颠覆，情况则更为复杂，还有许多问题值得探讨。《纪德文集》的出版，为我国读者和外国文学研究者在这方面的工作创造了前提条件。

一

纪德出身于一个知识分子家庭，父亲是法学教授，叔辈中也有两三位教授，绝对是一个书香门第，家庭里知识氛围很浓厚。他的外祖父是一位经营有方的商人，去世后财产的大半留给了长女，也就是纪德的母亲，这个女人也是理财高手，因此纪德的家境一直殷实富足，靠着家庭的财产，纪德一生过着衣食无忧的生活。写作对于他纯粹是精神活动的需要，与物质利益没有多大关系。纪德的家庭还有一个特点，父亲是南方于采斯（Uzés）人，母亲是北方卢昂（Rouen）人；母亲是虔诚的新教徒，父亲虽然也信奉新教，但是不那么刻板；父亲性格开朗，脸上经常挂着笑容，母亲则总是板着面孔，“千金难买一笑”；父亲喜欢带儿子到室外活动，母亲则在一旁不时生硬地、不耐烦地催促：“天晚了，该回家了。”总而言之，无论从地域上讲，从性格上讲，某种程度上从信仰上讲，父亲和母亲是对立的、分裂的。纪德说道：“在我身上把相互矛盾的影响结合起来的两个家庭、两个省份，它们之间的差异是多大啊！”

纪德有时候相信对立的血统、地域、信仰在自己身上已经融合为一体，他说：“在诺曼底和南方之间，我不想选择也不能选择，不过，我是法国人这种感觉因此反倒愈加强烈，因为我不属于法国某一个地方，也因为我思考问题，既不会单像诺曼底人，也不会单像南方人；既不会单像天主教徒，也不会单像新教徒。还因为我出生在巴黎，既会奥克语，又会奥伊尔语，既懂诺曼底粗笨的方言，又懂南方如歌的曼语，既好饮葡萄酒，也好饮苹果酒，既欢喜幽深的树林，也欢喜荒凉的山石，既欢喜白色的苹果花，也欢喜白色的杏花。”讲得诗意盎然！似乎上帝对他格外施恩，让他结合了南北方的优点，融会了新旧教之长，可谓得天独厚。可是有时候他就不那么乐观了，他曾经发出无可奈何的叹息：“上帝有意让我降生在两个星座之间，两种血统之间，两个省份之间，两种信仰之间，这难道是我的错吗？”事实上，诗意的抒情和忧郁的叹息，都道出了纪德真实的内心体验。家庭内部在思想、道德、宗教以及性格方面的分裂和对立对纪德的影响根深蒂固，在他身上形成了并存的两个方面：一方面是南方人的外向活泼，喜爱自然与天然，偏重感性，追求官能的享受，另一方面是北方人的内向拘谨，喜爱思考，偏重理性；一方面是天主教徒（或者温和的新教徒）富有弹性的道德观，另一方面是新教徒严格的道德观。两个方面都是真实存在的，都是纪德精神中的真实存在，这些相互矛盾又相互渗透，完全属于纪德个人的真实存在，成为纪德创作的源泉。

由于纪德的父亲在他 11 岁时便去世，因而在纪德的少年和青年时期，由信奉新教的母亲所代表的生活观念和生活方式在家庭生活中占上风，新教严格的道德信条在纪德心灵中形成无形的束缚，使他对欲望、本能的冲动、感官的享受感到害怕。据纪德的朋友和同学回忆，学生时代的纪德是个内向的、忧郁的少年。他经常少言寡语，多少显得有些木讷，以至于一位老师误认为他是低能儿。

如果纪德永远在新教教义所规定的这条生活道路上走下去，他也许就不会成为作家，至少他的作品将完全是另外一副样子。但是他的生活后来发生了很大变化，转捩点是 1893 年到 1894 年间他与青年画家洛朗在突尼斯和埃及的旅行。纪德在埃及染上了肺结核，这种病在当时和今天的艾滋病一样可怕，纪德惊恐万状，自认为“此生休矣”，不料他竟奇迹般地恢复了健康，俨然获得第二次生命。死里逃生使纪德对生活产生了全新的感觉。重新看世界，好似新生的婴儿，对外界的一切都感到新鲜好奇。北非的阳光、沙丘、草木、民俗更强烈地刺激他的感官，激起他充分享受生活的强烈愿望。他觉得过去自己的生活根本算不上是真正的生活，太多的道德考虑束缚压制了官能的享受，从现在起他要敞开胸怀接受自然的恩赐了。总之，对于纪德，这是一次解放。

我们没有理由怀疑北非的生死经历对纪德的精神世界产生了强烈冲击，改变了他的一生，但是这件事毕竟只是一个导因，它不过是将原本隐藏在纪德心灵深处的本能的欲望激发起来罢了。实际上，在此之前，在纪德的心灵深处，改变生活的渴望酝酿已久。1893 年出版的《于里安游记》可以说是他意识中这种渴望的自然流露。作品充满了瑰丽而奇谲的想象（顺便说一句，就作品讲述了于里安神奇的旅行而言，无妨把它看作一部叙事作品，然而就其强烈的抒情性而言，就其缺乏连贯的故事情节而言，把它看作抒情散文也许更恰当些。《大地食粮》《挣脱锁链的普罗米修斯》等作品也属于此类），富于象征意义。象征什么呢？纪德在该书第二版序言中的一段话给我们以启发："这本书的核心情绪并非个人的情绪，而是从我们惊奇的呱呱落地直到不甘地死去，生活之梦所赋予我们的情绪。我笔下那些没有个性的水手们或者是整个人类，或者是我自己。"于里安和他的朋友们的旅行，象征人类的追求，也象征每一个人的生活之梦。从风光旖旎的南方到千里冰封的极地，他们在海上的冒险中经历了种种诱惑和凶险。他们是一批“阿耳戈勇士”，虽然没有得到金羊毛的欢乐和骄傲，但是在生活之梦中体验了人生的基本价值，死的严寒也不足以使这种体验失去意义。在他们看来，这种体验是“光荣的命运”。于里安和朋友们上船之前，“不再相信研究”，“对思想感到厌倦”，他们渴望过一种完全不同的生活，尽管新的生活是什么，在他们心里是很朦胧的。后来，纪德把这种潜在的渴望形象化地写进了小说《背德者》。主人公米歇尔在与妻子第二次北非旅行之前，虽然“完全不爱”自己的妻子（因为他结婚是“为了让父亲高兴”），但是却对妻子很“温柔”，他工作勤奋努力，家庭生活平静而温馨。但是，我们能说他心底深处没有打破平衡的冲动吗？他不是像于里安一样，对自己的研究工作、对书本、对思想感到厌倦了吗？所谓“厌倦思想”，当然不是一般意义上的否定思考，而是对原有的思想方法和理念感到厌倦，并进而提出一个问题，就是以思想代替生活是否违背了人生的真谛，是否值得，生活是否应该是另一个样子。所以纪德在《大地食粮》里说，他渴望洗涤净双眼上“书本的污垢”，让眼睛像蓝天般纯净。

在《大地食粮》里，纪德第一次勇敢地公开表达了超越道德约束的决心。纪德描绘了自己渴望新生活的焦躁激动心情："展现在我们面前的生活，就像这满满的一杯冰水，一个发高烧的病人手里端着满溢的一杯水，想喝极了，便一饮而尽，尽管他知道应该等一等，但他无法把这杯如此甘美的水从嘴唇边移开，这水好清凉啊，而他被高烧煎熬得焦渴难忍。"他觉得他"整个身心，似乎亟须在新生中重新接受洗礼"，而他的双眼则需要"全新的视力"。纪德就是怀着这样一种极度兴奋的心情走上了"离经叛道"之路的。这种心情，我们在《背德者》里米歇尔的经历中可以感觉到，在《伪币犯》的主要人物之一贝尔纳·普洛费坦蒂厄的经历中也可以感觉到：贝尔纳离家出走时，不是为自己像鸟儿飞出笼子，从此可以自由自在生活而激动不已吗？

无论是《背德者》中的米歇尔，《伪币犯》中的贝尔纳，还是《浪子回头》中的浪子，他们有一个共同的心理特征，那就是都力图摆脱家庭的约束。家庭在纪德的小说里成为旧生活的代表，旧道德观念的化身，走向新生活的第一个障碍。纪德对家庭的怨恚，来源于他切身的生活体验。他母亲作为虔诚的新教徒，拿苛刻严厉的道德训诫管束他，而这种管束又与母爱相结合，因而形成难以抗拒的力量。要了解这一点，无妨读一读《浪子回头》。我们看到，浪子的母亲要求回家的浪子现身说法管教他弟弟，她告诉浪子他的小兄弟和他出走前的状况一样，不顾自己的身份与“粗人”交友，到田野里游荡。做母亲的尽管知道儿子并没有干什么坏事，却忧心忡忡，预感又有一个儿子要成为浪子，因此进行干预。母亲力图维护的，是身份、体统、家业、婚姻等诸如此类的道德观念，进一步说，是在资产阶级社会安身立命的准则，是这个社会普遍认同的道德守则。她担忧的，企图阻止的，是儿子离开家庭，因为脱离有身份的家庭，就意味着对资产阶级道德观的反叛。《大地食粮》里有一个虚构的人物梅纳尔克，他有点像歌德笔下的浮士德，也有点像尼采笔下的查拉图斯特拉。他是个“危险分子”，因为他教会青年“不光是爱自己的家庭，而且教会他们慢慢离开家庭”，所以“明白事理的人全都谴责他”。实际上，这个“危险分子”就是纪德自己。他说：“生活有多种多样的方式，所有的方式我觉得都是美好的。”但是显而易见，他偏爱的是“大地食粮”，是摆脱旧传统、旧道德的代表即家庭的束缚，按照个人意愿，遵循本能欲望去生活。对此当时有许多人表示不理解，甚至表示谴责，例如纪德的友人，诗人弗朗西斯·雅默就不以为然地说：“我以为，在大地的生活之上，是还有一种神圣的生活的。”

还应该指出，就纪德个人而言，这种“大地的生活”理所当然地包括性生活方面的享受。纪德很早就表现出同性恋倾向。他曾经为此深感忧虑，专门向心理医生做过咨询，医生安慰他结婚后同性恋倾向会自然消失，然而事实上却发展成愈来愈强烈的欲望。对于自己的同性恋倾向，纪德在《梵蒂冈的地窖》《背德者》《伪币犯》等作品里都或明或暗有所涉及，晚年在《如果种子不死》这部自传作品中更坦然地加以描述。纪德在决意追求一种新生活之后，便恣意放纵其同性恋倾向，将之看作自然的享受而加以肯定。同性恋的问题，这里我们无意进行讨论，我们要强调的是，纪德的同性恋倾向，特别是他将同性恋视作新生活的构成元素，这在当时被看作是骇人的丑闻，是对“优秀”社会的公然挑衅，纪德为此受到了多方面的强烈指责。

然而，倘若以为纪德自此就义无反顾地走上了“背德”之路，那就大错特错了。我们在上文已经介绍了他身上存在的两种对立倾向，它们造成了纪德思想和创作的复杂性。注意到这一点，就不会对他的作品呈现出的矛盾面貌感到奇怪。他早年的一部作品《安德烈·沃尔特手记》已经流露出了内心世界的这种矛盾。作品主人公沃尔特一方面热恋着表姐艾玛努埃尔，他的感情纯洁高尚，完全是柏拉图式的；另一方面他又到妓女身上去寻求官能的享受和满足。正是由于这种矛盾,《伪币犯》里的贝尔纳在执着而热烈地追求新生活之后，并没有获得预期的轻松感、幸福感、满足感、成就感，他“感到欲望满足后的一种悲哀，一种伴随着快乐而同时隐匿在这快乐后面的绝望心境”。这种心境在《背德者》中的米歇尔身上表现得更加明显。米歇尔将最亲密的朋友召集来，向他们诉说内心的真情实感，他的叙述是那样真实，以至于朋友们虽然觉得他对妻子的死负有不可推卸的责任，却感到“无从责备他”，甚至感到有“同谋”嫌疑。因为，事情的复杂在于，米歇尔自己既没有意识到应该对妻子的死担负什么责任，也没有意识到自己在突尼斯的行为是对社会道德的挑战，他仅仅是凭着本能的愿望在行动。小说结尾，米歇尔的话是意味深长的：“我觉得，我的生活似乎还没有开始……我解脱了，这有可能，但是这又有什么用？这种无所用心的自由令我痛苦。”《背德者》是纪德的小说里自传性最明显的一部，米歇尔的故事和纪德本人的经历有许多相近之处，因此我们完全有理由认为，米歇尔的这句话说出了纪德的心声。米歇尔和贝尔纳都有意识地与社会普遍认同的道德观分道扬镳而开始新的人生历程，结果却都对自己的选择产生怀疑，在“这种选择是否有价值，是否就是人生真谛”这个问题上徘徊起来，何去何从，难以抉择。

他们的彷徨，原因何在？在纪德伸出双臂迎接新生活洗礼时，在他追求新的“视力”时，在他迫不及待一口气饮下“清凉甘美”的“冰水”时，他早年受家庭的新教气氛影响而形成的价值观成为一种制动装置或缓冲装置，这可以从《背德者》发表后不久纪德创作的《窄门》得到证实。在这部小说里，纪德塑造了阿丽萨这个与米歇尔迥然相异的人物形象。纪德对这两个人物形象都寄寓了强烈的感情，而这两个人物在性格和思想上却南辕北辙，对比鲜明：米歇尔为追求个人的新生活而将个人的责任和义务、神圣的教义、道德的规范统统抛之于九霄云外，而阿丽萨则终其一生恪守宗教训诫，终其一生怀着炽热的宗教感情，为了自己和情人热罗姆能够通过“窄门”而进入天堂，勇敢地牺牲此生的一切幸福，包括对热罗姆一片赤诚的爱。如果说米歇尔在病愈之后将幸福定位于此生此世，那么阿丽萨则坚决相信，人生的全部价值就在于走过通向天堂的“窄门”，她深信“一个人要是确实渴望真实而恒久的荣誉，那人世间的荣誉对他就轻如鸿毛”。《背德者》和《窄门》虽然在发表时间上有先后，但是它们都在作者头脑里孕育了很久，它们的思想色彩上的强烈反差并非作者思想变化的结果，它们之所以不同，是因为作者分别强调了自己思想里的不同侧面。米歇尔的享受今生，作乐于此刻固然表达了纪德的追求，阿丽萨的“窄门”情结却也同样流露了纪德心底的一种宗教感情。应该指出，阿丽萨的宗教感情实际上与带有博爱色彩的宗教关怀有较大的距离，而且带有苦行的成分，以至有批评家认为，她的信仰与其说是新教，不如说是冉森派。这样一种信仰，正是纪德内心体验的需要，而且深深地扎根在他心灵之中。他一方面渴望所谓“充实的生活”，以传统道德颠覆者自居，否定作为社会道德稳定基础的家庭，另一方面他又总感到必须有什么东西来制衡或者说平衡颠覆行为，而对平衡物的寻觅不期而然地把他带回传统，使其对“神圣的生活”表示肯定，对宗教、对欲望的制衡作用流露出宽慰，甚至欣喜。在《伪币犯》里，一个叫格里菲斯夫人的人物批评小说的主要人物爱德华说：“你使我想起有些英国人，他们的思想愈开明，他们愈揪住道德不放，因此没有比他们中有些以思想开明自居的人更带清教徒精神的……”虽然爱德华力求成为“开明”作家，在文学和道德上都主张新观念，但是格里菲斯夫人却从他身上看到了根深蒂固的清教徒精神，开明的思想和清教徒精神本应该是水火不容，在爱德华身上却相辅相成，这是他思想的核心，也是他全部内心经验复杂性的核心。爱德华这个人物从许多方面看很有纪德本人的影子，因此，小说中的这句话很值得玩味，它其实是纪德的自画像。

纪德对旧思想、旧道德、旧传统的不满，受到了尼采的影响。然而纪德没有像尼采那样高呼："上帝死了。"因为上帝在他的心目中没有死。

三

纪德的许多作品都不是传统意义上的小说，《大地食粮》《于里安游记》《浪子回头》等固然距离传统意义的小说很遥远，《帕鲁德》《梵蒂冈的地窖》等也与传统意义的小说很不相同。在纪德的时代，小说模式是由 19 世纪的小说家们创造并且固定下来的。这种模式的基本要求是，小说作品要有首尾一贯的情节，情节的发展要合乎读者对生活逻辑的理解，小说人物在身份、性格、思想、情感各方面的轮廓都必须清晰，他们的行为要真实可信。司汤达、巴尔扎克、福楼拜、左拉、龚古尔、莫泊桑、都德等 19 世纪伟大小说家的作品使得这种小说模式深入人心，在读者心中形成必然的阅读期待。

因此，纪德在很长时间里不把他的作品称为小说，而是称为"傻剧"（例如《帕鲁德》《挣脱锁链的普罗米修斯》）或"叙事"（例如《背德者》《田园交响曲》）。唯一称为小说的作品是《伪币犯》。这种分类很难说有充足的理由，不过重要的问题不是纪德有哪些具体的理由，这些理由是否站得住脚，而是他这样称呼自己的叙事作品说明了什么。这一点，要从纪德对小说这种文学体裁的基本观点来理解。纪德开始小说创作的时候，正逢象征主义诗歌的影响不断扩大，法国文坛上已经出现了一批小说家，例如于斯芒斯、维里耶·德·李尔－亚当、布鲁瓦，他们反对以左拉为代表的自然小说，主张小说将目光转向对人的精神世界的探索，由于叙事性的减弱，他们的作品都多多少少偏离了传统小说的形式。例如于斯芒斯的《逆向》讲述了主人公戴赛散特的故事，戴赛散特是一个懒散而敏感的青年，终日无所事事。从某种意义上讲，有些近似俄国作家冈察洛夫笔下的奥勃洛莫夫，但是于斯芒斯的作品不是如冈察洛夫那样从生活的外在现象来展示主人公的精神世界，而是直接揭示主人公的心灵状态，作品的叙事因而明显淡化，散文化、诗化的倾向增强。此时的纪德，正在经历艰苦的精神探索，心灵深处正发生激烈冲突与碰撞，自然对这样一种倾向表示认同，他以诗歌开始创作生涯，作品带有鲜明的象征主义印记。当他转向叙事作品创作时，仍然以诗化的、散文化的风格见长。在叙事作品创作的早期，纪德对形式的革新显然并没有自觉的意识，其作品的形式是内心冲突和感情本能流露的结果。从他创作《梵蒂冈的地窖》开始，形式革新变成了一种自觉的探索，到20世纪20年代，形成了成熟的小说观，这个时候创作的《伪币犯》和《〈伪币犯〉日记》就是纪德长期思索的产物，他在《伪币犯》上标以“小说”二字便表明他认为自己已经寻找到了小说的真谛。

纪德认为，小说在19世纪被掺杂了许多原本不属于小说的东西，所以当代小说家的任务是要清除这些杂质。“纯小说”于是成了纪德小说革新的口号。他在《伪币犯》里说：“取消小说中一切不专门属于小说的元素。正像最近照相术已经给绘画省去一部分求正确的挂虑，无疑留声机将来一定会肃清小说中带叙述性的对话，而这些对话常是写实主义者引以为荣的。外在的事件、遇险、重伤，这一类全属于电影；小说中应该舍弃，就连人物的描写在我看来也不真正属于小说。真的，我不以为‘纯小说’（而在艺术中像在别的事物中一样，我所唯一关心的是纯洁）有这需要。”被纪德归入应该清除之列的有“叙述性的对话”、事件的描写、人物描绘，要言之，是对真实（正确）的“挂虑”。换言之，他要清除的恰恰是19世纪现实主义小说的基本元素。19世纪之前的小说，从小说发展史的角度说，可以说在形式上还没有成熟，然而换一个角度说，却也可以说那时的小说比较灵活，比较自由，当时的读者对小说也没有后来的读者那样的阅读期待，即期望读到一个完整有趣的故事，接触到几个性格鲜明的人物。简单地说，那时的读者不期待从小说中听到一段“历史”。从小说的功能说，那时的小说不承担后来巴尔扎克赋予小说的那样沉重的使命，即小说要表现现实，解说现实，阐释历史的发展。所以，清除现实主义小说的基本元素，是要结束小说作为一种“历史”的历史，某种意义上是要让作者可以像18世纪小说家那样多少有点随心所欲地表达个人的感受、感情和思想，让小说从19世纪小说家手中的客观描绘转变为（或者说恢复为）对主观世界的观照。当然，这样说是一种简单化的表达。19世纪的小说也包含对主观的观照，纪德的小说也不可能完全排斥客观描绘。但是，作为基本观念，观照主观世界，表现个人的内心经验，无疑是纪德小说的出发点。

这个出发点就决定了纪德小说的一个重要特点，即他把自己的经历、经验、感受、感情大量融入作品中。像《帕鲁德》《背德者》《伪币犯》《窄门》这些作品固然明显带有作者本人生活的痕迹，就是《梵蒂冈的地窖》这样从真实事件铺衍开，有点像侦探小说的作品，主要人物的生活感受和精神追求也打上了明显的"纪德主义"烙印。小说的主要人物之一拉福卡迪奥是个私生子，有过许多"叔叔"（母亲的情人），特殊的生活经历造成了他愤世嫉俗的性格，其表现是所谓的"无动机行为"。小说发表后，这个人物曾经招致许多批评责难。其实，"无动机"只是表面现象，拉福卡迪奥在巴黎街头不顾危险爬楼救人好像一场游戏，他将被蒙骗到意大利参加解救"教皇"行动的福勒利索尔从车窗推下火车好像也是一场游戏，但他的游戏后面隐藏着深刻的心理动机，那就是要证明自己有随心所欲的自由，可以不受社会道德观的约束。尽管拉福卡迪奥的身世与纪德本人相距甚远，但是他心中长期埋藏着摆脱社会羁绊的强烈欲望，当他自认为获得了行为自由之后感到无限喜悦，最后又似乎有"浪子回头"的可能，这些都和纪德本人的内心经验相吻合。

在将小说定位于内心经验再现的同时，纪德在小说的叙事技巧上进行了艰苦的探索，他的《日记》和许多通信都记录了他的探索思考。他的革新试验基本有两方面。第一是在小说结构上。纪德采取了立体化的结构手法。19世纪的著名小说家们无不重视小说的结构，巴尔扎克在《论亨利·贝尔》这篇论文里对司汤达《巴马修道院》的批评，要点就是认为这部小说在结构上不尽如人意，稍微显得有些粗糙。巴尔扎克对故事场景顺序的安排提出的修改意见是否正确另当别论，他的批评至少说明当时部分小说家对作品结构的重要已经有自觉的认识。但是，纪德的结构试验远远超越了19世纪的小说家，对他来说，结构不仅是叙事顺序的问题，亦即不仅仅是时间轴上的问题，结构还是一个空间轴上的问题，小说的结构要给人以空间上的立体感。小说《窄门》第一次明确地显示了纪德的这种艺术追求。小说分成两个部分，前八章为第一部分，基本上采取传统小说的叙事手法，以主人公热罗姆收到朱丽叶特的信，得知阿丽萨已经不在人世而结束。最后一部分实际上是第九章，但是作品却以《阿丽萨日记》为标题将它突出，使之在形式上得到相对独立的地位。这样做，或许可以增强作品的真实感，然而对于纪德这样并不重视小说真实性的作家来说（他在《伪币犯》里借爱德华之口说，他希望他的作品“尽量远离真实”），这显然并不是主要的，主要的是纪德想突破传统的叙事结构，增强作品的层次感。《梵蒂冈的地窖》做了更加大胆的尝试，它的结构比《窄门》又要复杂得多。作品以巴黎、波城、罗马等不同地点为背景，以杜布瓦、朱利尤斯·德·巴拉格里乌尔、福勒利索尔这三个沾亲带故的家庭，以及后来发现与他们也有亲戚乃至血缘关系的拉福卡迪奥·乌鲁伊迪及其好友，假教皇诈骗案的主谋普鲁多斯的活动为内容，平行展开了多条故事线索，构成了令人眼花缭乱的叙事策略。

及至20世纪20年代创作《伪币犯》，纪德对小说的思考更加深入，结构试验又向前大大推进一步。这部作品可以称作“小说的小说”，一部“元小说”。它在结构上有两个重要特点。首先，小说设计了作家爱德华这个人物，通过这个人物，对家庭、爱情、友谊、自由等道德问题，以及公正、犯罪、教育等社会问题发表了实际上代表纪德本人思想的观点，特别值得注意的是，爱德华代表作者对文学尤其小说，发表了独特的见解。为了给予这个人物以充足的思辨空间，小说再次把人物的“日记”作为一个重要结构层面镶嵌到作品中。其次，由于作品被设计成了“小说的小说”，在结构形式上便产生了后来为批评界津津乐道的“景中套景”的独特布局。作品中的作家爱德华正在创作一部小说，题目也叫《伪币犯》，而且在日记里记录有关资料，记述自己的创作体会。这样读者正在阅读的小说《伪币犯》中间的一些情节便是透过正在写一部同样叫做《伪币犯》的作品的小说家爱德华的日记显现出来的，而且读者可以从日记得知应该怎样从整体经验上去理解他正在阅读的这部小说。

纪德在小说叙事手法上的第二个重要探索是在叙事视角

上。纪德打破19世纪小说模式，将书信、日记、诗歌等多种形式糅杂到小说里。引入这些形式，一个直接的效果是使得作品获得了变换叙事视角的便利条件。纪德的许多作品都尽量摈弃“零视角”叙事，叙事人不再像上帝一样无所不知，无所不晓。例如《窄门》采用第一人称，作为主要人物之一的热罗姆同时又是叙事人，主人公阿丽萨的内心活动不可能都为热罗姆所洞察，加之阿丽萨有神秘主义倾向，所以她的精神世界中有许多没有向热罗姆打开的“死角”。小说最后一部分是阿丽萨日记，这样小说叙事便由热罗姆的视角转为阿丽萨的视角，使得从前一个视角里看不到的东西在后一个视角中得以呈现。在《伪币犯》里，视角变换上的试验更加复杂。这里不但依靠日记、信件等形式造成的便利变换叙事角度，而且经常随着不同人物的上场而切换角度。虽然叙事人的视角仍可以感觉到，但是更多时候，叙事人的视角和人物的视角是重合的，有如一台摄像机，镜头紧贴在人物身后，尽管有时候摄下了人物没有看或者没有看见的东西，但是多数情况下，镜头与人物的眼睛的运动是一致的。这时候，小说将视角的切换掩藏得十分巧妙，几乎可以说是天衣无缝，表现出了作者对叙事视角娴熟的驾驭能力。

尽管纪德把《伪币犯》定为小说，但是他从来没有想过要创造什么新的小说模式，他的全部叙事作品说明，他的创作过程是一个不断摸索与创新的过程。正像纪德毫不掩饰思想道德观中的矛盾和困惑一样，他也毫不掩饰在进行小说实验时所感到的犹豫和困惑。这种犹豫和困惑，纪德通过《伪币犯》中的爱德华之口一一表达出来。所以可以说，他的小说每一篇都是一次试验，这对后来的革新者是弥足珍贵的启迪。纪德留给后人最重要的财富，也许并不是一部部作品，而是这种不懈的探索精神，这种全身心地关注探索过程而不在乎最后是否能够获得掌声和花环的胸怀。

最后还应指出，纪德对20世纪法国文学的贡献还有一个不可忽视的方面，那就是他在《新法兰西评论》这个文学杂志中所起的重要作用。《新法兰西评论》由法国伽利玛出版社创办，纪德是早期主要合作者之一。这个杂志以提倡文学革命，发现新人新作为特色，对20世纪法国文学创作产生了很大影响，在这方面，纪德同样功不可没。

——《纪德文集》（人民文学出版社，2002年）序

本色文丛

（柳鸣九主编　海天出版社出版）

《子在川上》柳鸣九 / 著

《奇异的音乐》屠　岸 / 著

《岁月几缕丝》刘再复 / 著

《榆斋弦音》张　玲 / 著

《飞光暗度》高　莽 / 著

《往事新编》许渊冲 / 著

《信步闲庭》叶廷芳 / 著

《长河流月去无声》蓝英年 / 著

《坐看云起时》邵燕祥 / 著

《花之语》肖复兴 / 著

《母亲的针线活》何西来 / 著

《神圣的沉静》刘心武 / 著

《青灯有味忆儿时》王春瑜 / 著

《无用是本心》潘向黎 / 著

《纸上风雅》李国文 / 著

《花朝月夕》谢　冕 / 著

《秦淮河里的船》施康强 / 著

《风景已远去》李　辉 / 著

《美色有翅》卞毓方 / 著

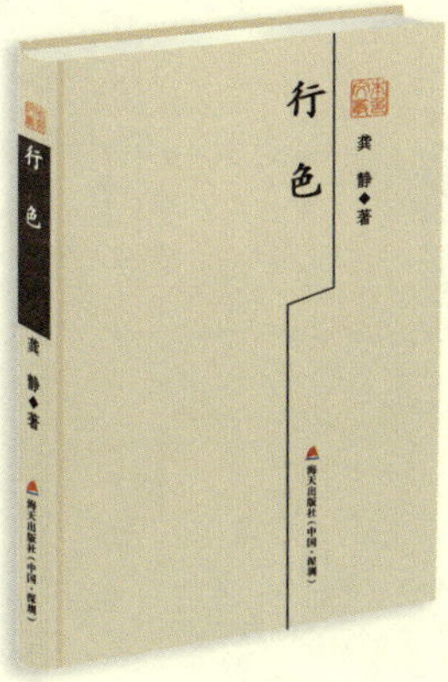

《行色》龚　静 / 著

《好女人是一所学校》梁晓声 / 著

《山野·命运·人生》乐黛云 / 著

《散文季节》赵　园 / 著

《春天的残酷》谢大光 / 著

《哲思边缘》叶秀山 / 著

《春深更著花》江胜信 / 著

《蛇仙驾到》徐　坤 / 著

《心自闲室文录》止　庵 / 著

《向书而在》陈众议 / 著

《四面八方》韩少功 / 著

《遥远的，不回头的》边　芹 / 著

《一片二片三四片》钟叔河 / 著

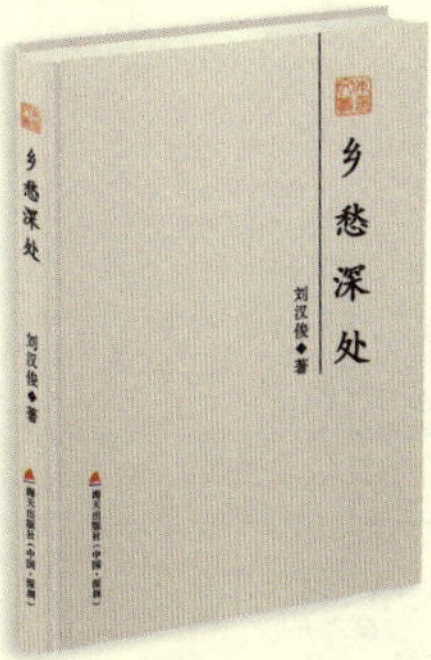

《乡愁深处》刘汉俊 / 著

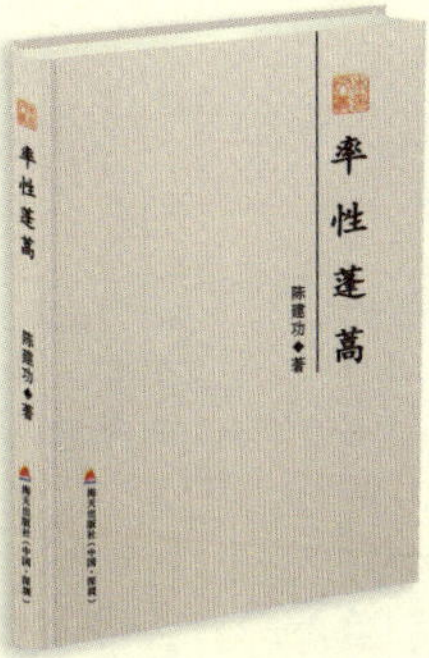

《率性蓬蒿》陈建功 / 著

《披着蝶衣的蜜蜂》金圣华 / 著

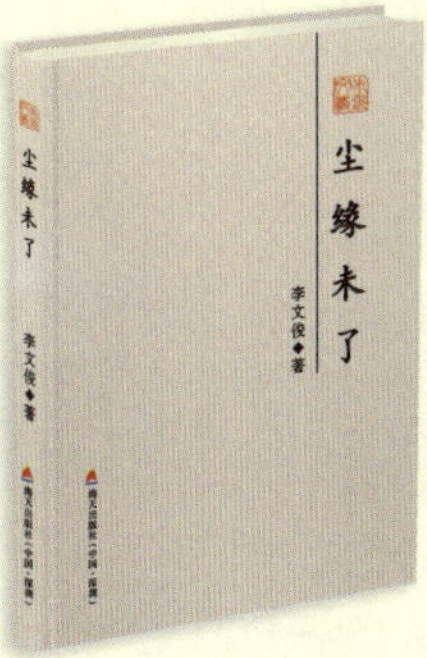

《尘缘未了》李文俊 / 著

《艾尔勃夫一日》罗新璋 / 著

《无数杨花过无影》周克希 / 著

《无味集》黄晋凯 / 著

《独特生涯》王　火 / 著

《书房内外》黑　马 / 著

《流水沉沙》罗　芃 / 著